O MARTELO DOS DEUSES

Felipe Machado

O MARTELO DOS DEUSES

São Paulo, 2007

Copyright 2007 by Felipe Machado

Manuela Editorial Ltda. (Arte Paubrasil)
Todos os direitos reservados. Nenhuma parte desta edição pode ser utilizada ou reproduzida por qualquer meio ou forma, seja mecânico, eletrônico, fotocópia, gravação etc, nem apropriado ou estocado em sistema de banco de dados, sem a expressa autorização da editora.

Capa e Projeto editorial
Daniel Kondo

Foto do autor
Marcos Mendes

Revisão
Antonio Paulo Benatte

Finalização de capa
Herbert Junior

Editoração eletrônica
Ingrid Velasques

Dados Internacionais de Catalogação na Publicação (CIP)
(Câmara Brasileira do Livro, SP, Brasil)

Machado, Felipe
    O martelo dos deuses / Felipe Machado. – São paulo : Arte Pau Brasil, 2007.

    ISBN: 978-85-99629-05-5

    1. Romance brasileiro I. Título.

07-8808   CDD-869.93

Índice para catálogo sistemático:
1. Romance : Literatura brasileira   869.93

Manuela Editoral Ltda.
Rua Dr. Amâncio de Carvalho, 192/206 – Vila Mariana
Tel.: (11) 5085-8080
04012-080 – São Paulo/SP
livraria@artepaubrasil.com.br
www.artepaubrasil.com.br

Impresso no Brasil
Printed in Brazil

Para Isabel

Apresentação/Provocação

Carlos Mauro

Vice-Diretor do Mind, Language and Action Group (MLAG)

Instituto de Filosofia da Universidade do Porto – Portugal

Escrever a apresentação de um livro como este é arriscado. O autor não é politicamente correto e trata sem rodeios a questão da justiça por meio da eliminação de 'filhos da puta' – como se essa definição fosse objetivamente possível. O mais importante, porém, não é aceitar o que pensamos ser a opinião do autor: é refletir.

No meu caso, posso até não concordar com a opinião que ele deixa transparecer, porém, curvo-me perante a sua criatividade, coragem e eficácia ao tocar em assuntos tão delicados e que causam arrepios em alguns cientistas sociais e humanos. O maior benefício social deste livro é exercitar a inteligência sem a vergonha de fazê-lo. No mundo pós-moderno, o 'dizer-diretamente-as-coisas' é feio, o raciocinar a partir de afirmações claras, mesmo que incompletas, é horripilante e desprezível, nada disso é intelectual-chique. Nesse sentido, o autor é anti-pós-moderno. Isso, para muitos, já bastaria para uma primeira apresentação extremamente positiva.

Não posso contar a história, tampouco adiantar detalhes que tirariam o prazer da leitura. Por causa disso fico numa situação difícil.

O que fazer? Acho que poderei escrever como se o leitor conhecesse o livro, mesmo sabendo que isso não é verdade. Na primeira leitura dessa apresentação, o leitor vai compreender apenas uma parte daquilo que eu gostaria, porém, ao retornar a esse texto, após terminar o livro, certamente compreenderá melhor as minhas considerações.

O meu objetivo aqui é fazer com que o leitor entenda a importância desse romance e de outros que procuram colocar os problemas sobre a mesa sem firulas, mas com bom gosto, e que tentam, também, provocar os leitores de uma forma que seja quase impossível ficar indiferente ao tema. Provocar não é feio, nem chato. Isso é o que se espera de autores que escrevem nesse tempo.

Ao terminar de ler o livro, tentei definir qual seria a minha estratégia para mostrar sua riqueza em termos filosóficos. Havia várias possibilidades, mas decidi explorar o conceito e a possível explicação da ação humana.

Quando observamos uma ação humana, podemos imaginar quais teriam sido as razões daquele agente. Por que agiu daquela maneira e não de outra? Esse é um exercício primitivo que não só os filósofos, os psicólogos e os cientistas sociais fazem. Todos os seres humanos, de uma maneira ou de outra, necessitam imputar razões às ações dos outros seres humanos com os quais têm contato direto ou indireto. Pode-se dizer que precisamos de modelos básicos de predição, de descrição e de algum tipo de explicação de ações. É difícil imaginar um mundo no qual não tivéssemos a mínima expectativa acerca da ação do outro. Como seriam as relações sociais nesse mundo?

Do ponto de vista da filosofia analítica, pode-se dizer que a teoria da ação debate-se, classicamente, com um importante problema, que prende-se à natureza da ação. Consideremos alguns eventos que ocorrem no mundo – o que distingue uma ação de um mero movimento físico ou de algo que simplesmente nos acontece? De forma resumida, pode-se dizer que: a) uma ação é um evento intencional porque tem uma descrição intencional – o que distingue uma ação é o facto de poder ser descrita recorrendo a crenças e desejos; b) uma ação é explicada por, pelo menos, uma crença e por um desejo relevantes.

Podemos chamar o personagem principal do livro simplesmente de "agente" (não há uma única referência ao nome desse personagem em todo o livro – o autor tenta, claramente, dar-lhe um caráter universal). O livro descreve várias ações desse agente, no entanto, todas elas têm uma direção: eliminar os 'filhos da puta' para que o mundo fique melhor. O agente tem o desejo de melhorar o mundo e acredita que a melhor maneira de fazer isso é eliminando os ditos 'filhos da puta'. A crença de que o mundo fica melhor sem eles foi construída, segundo o que podemos entender, pelas sensações de libertação e de felicidade que afloraram no agente após o assassinato do pai-agressor. As crenças, nesse sentido técnico, ajudam o agente a construir um modelo acerca do mundo, isto é, as crenças são estados psicológicos que representam o mundo, supostamente, como ele é. Elas podem ser bem ou malformadas, verdadeiras ou falsas, fortes ou fracas. Já o desejo representa o mundo ideal para o agente, isto é, representa como, para o agente, deveria ser o mundo.

Portanto: o desejo de melhorar o mundo + a crença de que eliminar os 'filhos da puta' melhora o mundo = ação 'matar os filhos da puta'. Pode-se dizer que essa ação é completamente racional se aceitarmos uma tal explicação e uma tal descrição da ação. Nesse momento deparamo-nos com um problema epistemológico: Como sabemos que esse é o verdadeiro desejo e essa é a verdadeira crença do agente?

Claro, o autor escreveu, portanto deve ser isso. No entanto, permito-me levantar uma hipótese óbvia que talvez modifique alguns julgamentos. Podemos supor que o agente deseja, não de maneira consciente, ser agressivo. Para isso, precisa justificar para si e para as pessoas à sua volta as suas ações. Cria, então, essa história/desculpa de matar 'filhos da puta'. Ele poderia estudar Direito e tentar mudar a legislação acerca do abuso doméstico, por exemplo, tornando-a mais rigorosa. Atingiria não só um ou dois casos, e beneficiaria um número muito maior de vítimas. Por que matar, então? Será que o personagem foi preguiçoso? Será que queria ser agressivo para satisfazer os seus impulsos mais primitivos? Seria ele tão 'filho da puta' quanto os outros que matou?

A história pode parecer banal, mas não é. O autor faz-nos sentir certa empatia pelo agente e isso certamente é proposital. Pergunto: estamos preparados para resolver problemas sérios sem o uso da violência? Estamos no século XXI e ainda temos a chama primitiva em nossa espécie de maneira generalizada? Há algum tempo, sentado à beira de um rio europeu numa noite de verão, vi uma cena exemplar. Dois músicos, um violonista e outro violinista, tocavam em meio às mesas dos restaurantes. Depois de alguns minutos, surge de um dos restaurantes um homem forte, de cabeça raspada e atitude agressiva. Começa a conversar com o violinista, mas em dois minutos joga-o da plataforma. O músico cai e levanta-se cambaleando; o machão desce e começa, juntamente com um garçom, a bater no já machucado homem. Aparentemente o problema era clássico. Os músicos estavam na rua, portanto, no espaço público; o representante do restaurante achava que estavam incomodando os clientes, mesmo tocando um repertório de excelente qualidade. Será que o músico era um 'filho da puta'? Será que o machão era um 'filho da puta'? Resolver e aceitar uma solução desse tipo mostra-nos que a violência ainda tem muito espaço nas mentes de muitos da nossa espécie. Quem estará melhor adaptado e seguirá na estrada da evolução?

Alguns devem estar pensando, "esse sujeito quer o quê, que sejamos todos monges budistas, vivendo num nirvana? Só podia ser coisa de filósofo, na prática a coisa é diferente". Sim, gostaria que pudéssemos nos despir da carapaça primitiva pela via do raciocínio e da cultura. Será que é bom sinal simpatizarmo-nos com o personagem principal, sem mais questionamentos? Só porque o autor disse que ele estava bem intencionado? Não me parece uma boa escolha. Felipe Machado conseguiu deixar-me numa situação deplorável quando percebi que nutria alguma simpatia sincera pelas ações do personagem principal, porém, percebi que o autor queria colocar-me numa armadilha e retomei o meu raciocínio mais cético.

Voltando à questão da racionalidade, dizer que uma ação é racional é igual a dizer que é uma ação moral? Não. A questão que está em jogo no livro não é a da racionalidade das ações, mas sim a moralidade das ações do personagem principal. Perguntamos no final do livro, de maneira mais vulgar: O personagem está certo? É o certo a fazer? Ele fez o bem, ou não? Quando perguntamos isso, não estamos a discutir a racionalidade do agente, mas sim o conteúdo moral derivado das ações dele. O raciocínio implícito do personagem é: a felicidade do mundo aumentará graças à eliminação desse e daqueles 'filhos da puta'.

Um dos grandes problemas no raciocínio moral do personagem é acreditar na capacidade de cálculo e de julgamento que confere a si próprio. Por outro lado, como vimos acima, ele possui uma determinada crença que foi formada pela experiência. Podemos perguntar, então, ele pôde escolher, isto é, ele poderia ter agido de outra maneira? Chegamos, então, à questão do livre arbítrio. Existe ou não essa tal liberdade? Para piorar a situação, o autor coloca mais uma questão provocativa: Uma maior propensão à agressividade pode, ou não, ser hereditária?

Obviamente, não vou, nem posso responder a essas questões. Porém, peço e proponho aos leitores que leiam esse livro com o propósito de raciocinar sobre essas questões e não divertir-se com mais uma história sobre um *serial killer*. O livro não é isso. Gostaria, também, que todos pudessem compartilhar o tesão que muitos sentem ao se debruçar sobre essas questões. Pensar, raciocinar, debater e relacionar-se intelectualmente pode dar um prazer e uma agitação próximos ao de um orgasmo. Sei que isso é vulgar e senso comum entre alguns, porém, julgo ser importante essa ação política. O mundo transforma-se aos poucos numa terra povoada por um exército de *ordinary people*. Nos encontros entre amigos, as pessoas são capazes de debater horas sobre carros, compras e futebol, mas quando alguém começa um debate sobre política, ou sobre os temas desse livro, por exemplo, tem sempre um idiota que diz "isso não se discute, cada um tem a sua opinião". Pergunto: Seria 'filha da putice' não discutir sobre isso?

Como perceberam, propus muitas perguntas e nenhuma, ou quase nenhuma resposta. Isso já é um passo. O livro de Felipe Machado é uma grande e inteligente provocação.

"Dois perigos ameaçam o mundo: ordem e desordem."
Paul Valéry

Um

A idéia de matar filhos da puta nasce aos dez anos de idade, quando vê o pai surrar a mãe pela primeira vez. Impotente, encolhido como um jovem rato sob a mesa da cozinha, tenta fazer a realidade desaparecer cobrindo os olhos com a toalha de mesa bordada de fios brancos e vermelhos. A realidade por trás do pano, no entanto, não apenas não desaparece, como, pelo contrário, se transforma em um contorno ainda mais intenso, assim como ficam mais coloridas as manchas roxas que brotam do rosto da mãe exatamente nos pontos onde o pai golpeia. Três sons predominantes ficarão guardados para sempre em alguma gaveta de sua memória: o baque de uma grande mão espalmada em contato com a delicada pele de um rosto feminino; uma voz aguda urrando sons desconexos e palavras cujo significado ele não compreende; e um choro, bem baixinho, uma mistura de vergonha pura e pedidos de clemência não atendidos.

Pouco depois o ruído cessa e ele finalmente toma coragem para afastar a toalha de mesa da frente dos olhos. Volta a ver com nitidez as flores amarelas dos azulejos da cozinha e os detalhes enferrujados da torneira do tanque de lavar roupa. Constata também a transformação física que todo aquele barulho provocara no corpo da mãe, e não apenas na nódoa púrpura de algumas regiões do seu rosto. As costas, sempre retas em direção ao céu, perderam a simetria em algum momento do processo, permitindo que um dos ombros ficasse bem mais alto do que o outro, como se um dos pés estivesse descalço e o outro calçado com um sapato de salto alto. Um seio está à mostra, mas não há nem sombra da beleza que a imagem de um peito escorregando para fora do sutiã poderia suscitar, pelo menos não da maneira relatada por Marcos Roberto, o repetente colega de classe que garantia ter visto os peitos pré-adolescentes de sua prima Alice em mais de uma ocasião. O pequeno e amassado seio revelado da mãe é de uma feiúra ímpar, um pedaço de resto de pele humilhante tanto para quem o possui quanto para quem o vê.

O nariz e a boca da mulher estática e em pé na cozinha também estão com uma aparência bem diferente daquela a que ele está acostumado. Parece que a mãe esfregou o rosto com força logo após passar batom, ou que deixou cair molho de tomate na roupa durante o jantar. No entanto, mais triste do que ver a mãe transformada em uma estranha que não sabe maquiar-se direito nem limpar o rosto com o guardanapo é ver o nítido caminho que as lágrimas percorrem ao escorrer por suas bochechas, santuários que sempre lhe pertenceram e região sagrada que ele adora beijar antes de dormir. É a primeira vez que sente ódio, mesmo sem saber o nome correto do mal-estar que incomoda seu coração e sai de sua boca em forma de soluços e incertezas.

Fica pensando, também, o que a mãe pode ter feito para provocar tamanha raiva no pai. Teria arranjado um namorado no bairro? Ou jogado fora a coleção de latinhas de cerveja que o pai exibia com orgulho aos colegas da fábrica nos churrascos de fim de semana? Eram as duas únicas justificativas que podia imaginar para tamanho castigo, e mesmo assim o pai teria que se explicar muito bem. Descobre então que a razão para aquela briga reside no cheiro estranho que o pai exalava naquela tarde, um odor ácido semelhante ao do líquido verde com que a mãe lava a cozinha pelo menos uma vez por semana. Esse fedor sai da boca, mas também da pele do pai, como um suor azedo. Não sabe por que, mas o cheiro também é o responsável pela mudança no tom de voz do pai, que ficara mais arrastada e confusa, e pelo comportamento imprevisível de seus braços, que sobem e descem em direção à mulher com quem ele se deita todas as noites.

Quando o pai finalmente se cansa, é a vez do som definitivo da noite, aquele que fica como recordação absoluta do inexprimível episódio. Uma porta, batida secamente, acompanhada dos passos do pai se afastando lentamente até o jardim, até a calçada, até o silêncio.

"Vai para o quarto, meu filho", pede a mãe, buscando forças para articular a frase e torná-la convincente o mínimo possível.

"Para onde o pai foi, mãe? Ele vai voltar? Não entendo por que ele faz isso com a senhora", indaga, torcendo por uma resposta que o convença.

"Seu pai está com problemas no trabalho. Não fica triste, meu filho. A mamãe vai melhorar logo, você vai ver. O papai foi dar uma volta porque está muito nervoso. Confia na sua mãe, é melhor assim."

À medida que a situação se torna freqüente, a mãe começa a emudecer e desiste de tentar justificar as agressões. O período logo após as surras, ocasião em que permanece completamente muda, começa a se alongar a cada vez, até o ponto em que ela simplesmente pára de emitir qualquer tipo de som. Aquela mulher ficara tão indiferente a qualquer aspecto da vida que não tem mais forças para chorar nem quando o marido a agride.

Espera pelo último golpe inerte, como um pedaço de carne no açougue, sem vida nem alma. O garoto também não entende mais o que acontece na rotina do pai, já que passa a encontrá-lo em casa cada vez mais cedo, quando volta da escola. Em certos dias, inclusive – e esses dias nem são necessariamente sábados ou domingos –, o pai desce do quarto diretamente para a cozinha e lá permanece, até que uma centelha aparentemente insignificante de problema acenda uma nova discussão, que se transforma em mais uma sessão de tortura. Ao primeiro tapa no rosto da mãe, já ciente do que vem a seguir, o garoto sobe correndo as escadas e se esconde no armário de madeira do quarto que não divide com ninguém: é filho único. Para não ouvir os gritos do pai ou o silêncio da mãe, conversa no escuro com as poucas peças de roupa que possui. Imagina ser uma velha calça *jeans*, resistente e aventureira, ou um casaco de couro, igual ao que Marcos Roberto costuma vestir nas manhãs de sexta-feira, dias em que o colega conta que viaja de moto com o pai para uma praia deserta repleta de garotas nuas.

Abafado o som, abafado o sonho: volta à realidade e esquece essa besteira de brincar com as roupas. Abre a porta do armário e corre para a cama, pisando no chão apenas uma vez, com o pé direito, tentando fazer o mínimo de barulho possível. Às vezes, a tarde nem escureceu lá fora, e ainda é possível ver a luz por entre as frestas da janela. Mas isso não importa: cobre a cabeça com o travesseiro e reza para que o amanhã vire hoje.

Dois

No meio da madrugada o telefone toca, coisa rara, na verdade algo que nunca acontece, pelo menos não que ele se lembre. É uma noite diferente em tudo, pois o som que costuma ser o de somente uma porta batida há pouco pareceu ter soado como duas. Ele não liga, apenas sai do armário e deita-se na cama, esperando que a mãe cumpra o ritual de todos os dias, sempre disfarçando as lágrimas e os inchaços em erupção por todo o corpo. Calada, ela o beija e cobre suas costas com as cobertas empoeiradas. Para não humilhá-la ainda mais, o filho fecha os olhos e finge dormir.

Aquele som do telefone cortando a madrugada, porém, introduz um elemento novo naquelas noites sempre iguais. Percebe que a mãe também acorda assustada porque a escuta dizer 'alô' com uma voz contrariada, como se tivesse sido acordada de um sonho em que a família vivesse numa casa maravilhosa, sem brigas nem garrafas quebradas a toda hora. Depois da saudação inicial da mãe ao telefone vem um longo silêncio, o que significa que alguém tem muita coisa para falar do outro lado da linha. Ele se levanta e anda até o corredor, tentando decifrar o que a mãe sussurra como resposta. Ouve o nome do pai, mas não parece que a mãe está conversando com ele. As poucas palavras que entende parecem dizer que ela está falando sobre o pai, mas com alguém que não o conhece muito bem.

Quando a mãe desliga o telefone, volta na ponta dos pés para a cama e se cobre de novo, como se nada tivesse acontecido. Ela chora, mas ele não tem coragem de se levantar para perguntar por quê. Algo muito estranho está acontecendo, porque a mãe acaba de entrar na dispensa ao lado do quarto dele, um lugar onde ela só entra para escolher os ingredientes de jantares especiais ou para resgatar o dinheiro escondido na segunda gaveta da cômoda, um segredo que ela acredita que ninguém sabe. Será que alguém ligou pedindo para ela cozinhar algo especial em plena madrugada? Ou que as economias têm de ser resgatadas para financiar alguma emergência?

Ele ouve uma chave girando, o que quer dizer que a segunda gaveta está sendo aberta e, sim, o dinheiro está sendo retirado de seu descanso para uma ocasião especial, um evento que envolve o nome do pai sussurrado por alguém não identificado às três horas da madrugada. A mãe volta para o quarto e começa a se vestir. Depois de ser acordada por um telefonema estranho, vai sair para resolver um assunto que envolve o pai e levando consigo o intocável dinheiro da segunda gaveta. Deve ser algo muito sério.

Sente pena dela. Já não bastava o pai espancá-la todos os dias? Tinha também que acordá-la no meio da noite e exigir que levasse sabe lá para onde as sagradas economias da segunda gaveta? Sente pena, mas também raiva por vê-la tão condescendente, tão solícita em atender mais uma vez às ordens de um homem desprezível, que não tem por ela nenhum sentimento nobre, muito menos o mínimo traço de amor que os pais deveriam ser obrigados a sentir pelas mães. Uma voz liga no meio da noite, e lá se vai a mulher com um saco de roupas e o tesouro da família, sem reclamar e nem discutir.

Nervoso, vira-se para o outro lado na cama, como se o movimento fosse amenizar o clima tenso que paira na casa, como se olhar para a outra parede do quarto, mesmo no escuro, representasse uma segurança maior, uma atmosfera pelo menos diferente. Tenta lembrar da época em que o pai e a mãe se davam bem, mas não consegue, talvez porque fosse muito novo quando eles eram felizes. Tem poucas lembranças do pai, aliás, pois ele passava a maior parte do dia fora, trabalhando, enquanto a mãe ficava em casa, sempre com aquela calça vinho surrada e o lenço alaranjado na cabeça. É esta a imagem dela que lhe vem à mente quando procura a curta memória do seu passado: no quintal, carregando roupas secas e molhadas do tanque para a corda de arame que ela chamava de "varaaal" – ele gostava dessa brincadeira, achava engraçado o modo como a mãe pronunciava essa palavra –, sempre com um cigarro aceso entre os dentes e o lenço alaranjado de cetim na cabeça. Do pai lembra pouco, mas sabe que o beijava todas as manhãs antes de ir para o trabalho porque o cheiro de colônia que ele passava depois de barbear-se às vezes lhe volta à memória, como um certificado de garantia de que aqueles dias existiram. À noite, quando o pai voltava para casa, já estava dormindo. Às vezes, com saudades, fingia ter sede e se levantava dizendo que precisava beber água, só para ver que a mãe e o pai realmente existiam como um casal, e não apenas como entidades independentes que estendiam roupas no "varaaal" e saíam para trabalhar. Nessas noites de falsa sede, observava o pai e a mãe na sala, em frente à TV, fumando e conversando normalmente, como se fossem amigos. O casal sorria para ele e a mãe se levantava bem-humorada para pegar o copo d'água. O pai continuava olhando para a TV enquanto ele esperava a mãe voltar da cozinha, mas mesmo assim sentia-se amado.

Descobrira também uma outra maneira de sentir-se amado, sem a necessidade da presença dos pais e possível a qualquer hora do dia. Era só caminhar até a cômoda e sacar o porta-retrato guardado na primeira gaveta. Emoldurada em madeira com detalhes de madrepérola estava a imagem definitiva da família. O pai, com os cabelos compridos e desalinhados, vestia uma calça *jeans* comum e a camisa marrom com mangas dobradas que ele gostava de usar em festas e datas importantes. A mãe, exageradamente maquiada e com os cabelos armados em um coque que a deixava quinze centímetros mais alta, apertava-se em um vestido verde-claro de gola *rolê*, indumentária que o pai sempre brincava que jogaria fora porque a fazia quase derreter de tanto calor. Ele, uma criança nem bonita nem feia de seis anos de idade, aparecia na foto usando uma camiseta pólo branca com listras horizontais azuis, e uma pequena mancha de chocolate babado no ombro direito. O cabelo, cortado bem curtinho para reduzir os estragos da praga de piolhos que assolava a escola, estava coberto por um boné estampado com o logotipo da fábrica onde o pai trabalhava. No fundo da cena, uma árvore de Natal de plástico, a mesma que a mãe tirava do armário todos os anos no dia primeiro de dezembro. Era uma foto comum, mas feliz. Os três sorriam.

O que teria causado essa mudança tão grande na vida deles? Por que o pai e a mãe não podiam voltar a ser amigos, como ele próprio já havia feito na escola, inclusive naquela vez em que perdoou Marcos Roberto por ter roubado seu lanche enquanto ele estava no banheiro?

A mãe acende a luz do corredor. A claridade, mesmo escorregando pelo pé da porta, incomoda seus pequenos olhos já acostumados à escuridão. Levanta-se para olhar pela fechadura, tentando capturar uma última imagem da mãe antes dela sair. Consegue: ela está de agasalho de ginástica e traz nas mãos um saco de lixo... mas por que está enxugando os olhos? Será que leva roupas e dinheiro porque o pai vai viajar? Ela desce as escadas rapidamente; ele mede a importância dos assuntos na casa pelo ritmo dos passos da mãe nos degraus.

Torce então para que o pai viaje e nunca mais volte, mas fica com medo de que a mãe possa ir junto. Será que vai ficar sem pai nem mãe, como aquele adolescente órfão que mora com os padres no andar de cima da escola? Fica confuso e volta para a cama. Como está sozinho, pode acender o abajur e folhear suas três revistas em quadrinhos. Se fosse um super-herói, sua vida seria muito melhor. Mandaria o pai parar de bater na mãe e tudo voltaria a ser como na época eternizada no porta-retrato da primeira gaveta. Por que ele tem certeza disso? Porque todo mundo obedece aos super-heróis. Os super-heróis salvam as pessoas boas e matam os homens maus, pensa, antes de cair no sono.

Três

Acorda com a mãe falando baixinho ao seu ouvido, uma voz carinhosa que ele não ouvia há muito tempo. Que saudade daquela voz! Chega à conclusão de que o pai havia viajado sozinho e finalmente teriam paz na casa. Nada mais de portas batendo depois do jantar, nem lágrimas maternas molhando as cobertas na hora de dormir. Seriam felizes como os vizinhos da casa azul no fim da rua, que sempre sorriem e desfilam com orgulho suas roupas novas e coloridas pelo bairro. Os pais do menino da casa azul nunca brigam, pelo menos a mãe dele nunca está com os olhos roxos ou o nariz pingando sangue. Parecem gente de mentirinha, com corpos sem vida por dentro, saídos diretamente de um comercial de TV. Lembra da ocasião em que ouviu a mãe contar para uma amiga que eles moraram muitos anos nos Estados Unidos, e por isso haviam ficado assim, tão corretos, tão sorridentes. O pai não gostava deles, já havia dito mais de uma vez, talvez porque lembrassem a ele que era possível ser feliz.

A mãe está ao seu ouvido para avisá-lo de que a mesa do café está pronta. Parece abatida, mas de uma maneira diferente da que está acostumado a ver. Os olhos não estão roxos, mas há uma mancha escura em seu lábio superior e outra logo acima, entre o nariz e a boca. Deve ser a falta de sono, porque ele também acorda com rodelas escuras em torno dos olhos quando tem pesadelos na noite anterior.

Desce para o café e, ainda sonolento, se esquece de perguntar à mãe quem havia ligado durante a madrugada. A mãe, porém, sabe que não pode esquecer esse assunto, e desanda a falar com o filho numa verborragia que ele não ouve desde que a temporada de violência se instalou na casa.

"Meu filho, precisamos conversar sobre uma coisa muito séria. Nos últimos tempos, seu pai passou a se comportar de uma maneira muito diferente daquela a que a gente está acostumado, não é? Você reparou isso, não reparou, meu filho?"

"É, mãe. Eu não gosto do jeito do pai, não gosto do jeito que ele trata você. Por que ele faz isso? Você fica triste e eu também. Acho que ele não gosta mais de morar aqui, mãe. Será que é por isso que ele quer ver a gente sofrer?"

"Não é nada disso, não. Aconteceram uns problemas, o chefe arranjou briga com ele no trabalho. Por isso seu pai andava tão nervoso, mas quero que você sempre pense nele com carinho, está bem? Não importa o que aconteça daqui para frente."

"Mas se aconteceu isso que você está falando, então ele tinha que brigar com esse homem do trabalho, não com você e comigo. Não entendo por que você fica dizendo essas coisas, mãe. Por acaso o pai foi viajar? Só pode ser isso, para a senhora ter levado as roupas para ele ontem de madrugada. E quando ele voltar, as coisas vão ser como antes?"

"Calma, meu filho. Por que você está dizendo isso, você ouviu a mamãe falar com alguém no telefone ontem à noite?

É feio ficar escutando a conversa dos outros atrás da porta."

"Eu só ouvi o telefone tocar, mas não prestei atenção na conversa da senhora. É que eu estava sem sono, sabe? E na hora em que eu ia te pedir um copo d'água, vi você falando no telefone e saindo com um saco cheio com roupas do pai."

"Bom, meu filho, pode-se dizer que seu pai foi viajar, sim. Ele foi para bem longe, mas com certeza é um lugar muito bonito, perto de Deus. Lá ele finalmente vai ficar mais calmo e viver sem problemas. Ele não volta, não, filho. Agora é só a gente."

"O pai morreu, mãe?"

Ela respira fundo enquanto desvia o rosto.

"Morreu, filho. É isso."

A mãe o abraça e começa a chorar, quase sem controle. Ele não entende por que, achava que era isso o que ela queria: que o pai viajasse para longe, para sempre.

Um pouco mais tarde, depois do almoço, o velório acontece no subsolo de um hospital, onde o caixão do pai divide o espaço com outras quatro famílias infelizes. Há cinco fileiras de cadeiras de madeira escura e braços acolchoados no salão, mas já estão todas ocupadas por pessoas que ele não conhece, provavelmente convidados dos outros mortos. As cadeiras se parecem com as carteiras da escola, exceto pelos apoios de braços e cadernos, que existem na sala de aula, mas não ali. O dia está nublado, mas as primeiras gotas de chuva só começam a cair naquele momento, pouco depois dele entrar no recinto. Vai até a porta e observa os pingos transbordando das nuvens. Diziam que a chuva nada mais era do que as lágrimas de Deus, mas não acreditava que um homem tão bom quanto Deus teria motivos para chorar por aquela morte. Deus devia ter milhares de outras pessoas melhores para visitar e demonstrar compaixão, e não perderia seu tempo com um homem que espancava a mulher.

Não há muita gente no espaço reservado para os amigos e familiares que vieram prestar homenagem ao seu pai, se é que homenagem é o termo correto para descrever o espírito de homens e mulheres que parecem estar mais preocupados em fazer fila em frente a bandejas de suco de laranja e bolachas de água e sal, antes mesmo de consolar o filho do falecido. Na verdade – e seria injusto dizer que isso ocorre apenas entre os conhecidos de sua família – o velório inteiro está tomado por pobres bêbados de camisas amarrotadas e velhas exageradamente maquiadas com cores fortes que não combinam entre si. O velho e conhecido cheiro azedo de suor e hálito ácido também está no ar, mas desta vez vem de braços dados com o perfume barato das mulheres que tentam esconder o cheiro de naftalina de seus vestidos. É uma desafinada sinfonia de aromas que confunde os sentidos dos que estão aqui, um lugar sem ventilação e cheio de gente desinteressante.

O pai é o primeiro cadáver que vê na vida, mas não fica tão impressionado quanto imaginava. Seu rosto está mais sereno do que quando estava vivo, pelo menos durante os últimos meses que lhe vêm à memória com mais nitidez. Os olhos estão fechados, mas o filho jura que eles se abrirão a qualquer momento, como em um filme de terror, fazendo os convidados saírem correndo, tropeçando uns nos outros e derrubando as bandejas de bolachas.

Sua mãe chora sem parar, comportamento que ele não entende. Não imagina como ela pode se sentir triste, já que agora está livre de apanhar todas as noites. A atitude da mãe é semelhante a de alguém que descreve a beleza do mar durante um afogamento. Sentada ao lado do corpo com um lenço nas mãos, ela espera a próxima lágrima e o próximo cumprimento.

"Com licença. A senhora é a mulher do falecido?"

"Sou, é meu marido que está ali. Algum problema?"

"Poderia me acompanhar, por favor?"

O funcionário do velório é um homem gentil, de barba e cabelos tingidos de preto. Sua voz fina e afetada não combina com o seu corpo, grandalhão e peludo. Usa uma camisa amarela aberta até o peito inapropriada para a ocasião e para a função, mas que deve ser útil como código visual para atrair homossexuais como ele. O homem leva mãe e filho para uma sala afastada, onde serão discutidos os últimos detalhes do adeus ao pai.

A sala fica no mesmo andar, separada do salão do velório por um corredor que não deve ter nem dez metros de comprimento. A impressão que dá, porém, é que o trio está atravessando um portal para outro universo, bem mais perverso e assustador. Na parede, diplomas emoldurados conferem ao homem de barba pintada um falso ar de profissionalismo, o que se confirma pelos porta-retratos em que aparece abraçado a um homem magro e alto, de bigode, em um ambiente que parece ser uma casa de praia.

O homem conversa com a mãe sobre horários, cemitérios e outros assuntos que ele não tem o menor interesse em ouvir. Prefere, então, devanear sobre a vida do homem de barba, como é o seu dia-a-dia, quais são seus sonhos e desejos. Imagina-o conversando com os mortos quando não há mais ninguém no salão; praticamente pode vê-lo contando os segredos mais íntimos do homem de bigode aos corpos sem vida, que levarão para infernos e paraísos toda essa informação desnecessária.

"Vamos, meu filho. Vamos dizer adeus ao seu pai."

Volta ao salão e vê o pai morto mais uma vez, a última antes de lacrarem o caixão. Seu ódio por ele permanece inalterado, e assim continua até que a tampa de madeira extermina os últimos resquícios de ar e luz sobre o rosto gelado e pálido. É isso. Adeus, filho da puta.

Um velório não passa de uma situação social em que os doídos sofrem e os que não estão tão tristes assim consolam a família e dizem que "não há nada a dizer". É irreal celebrar a partida de alguém que nem sequer está mais ali; no entanto, não há nada mais humano do que despedir-se de seus mortos. Muita gente o beija no rosto, e diz que "pelo menos o homem partiu mas deixou um belo garoto", como se o garoto de quem estão falando não estivesse ali. Como se ele não pudesse ouvir também os outros comentários no ar, como o daquele homem de chapéu que discursou sobre a irresponsabilidade de uma vida desperdiçada na bebida ou o da mulher que lembrou o prejuízo moral imputado a quem dele se aproximasse.

O filho ouve, mas não sofre. Não sente nada. Tem a impressão de que estão falando de um desconhecido. Já disse à mãe desde cedo que não queria ir ao enterro porque não tinha dormido nada na noite anterior. A mãe concorda, e dá a permissão para que ele vá para casa com a vizinha, uma senhora gorda e simpática que começa a fazer um bolo de fubá com laranja assim que chegam. Quando a mãe volta, com o rosto ainda mais inchado de tanto chorar, a casa adquire um ar diferente, mais colorido, talvez porque seja aquela hora do dia em que o sol já está cansado, e por meio de reflexos delega a paredes e objetos o poder de se tornarem mais brilhantes que ele.

Não sabe se é a luz que ilumina a cozinha ou a satisfação por ter se livrado do pai, mas o bolo da vizinha está com um sabor que nunca provou antes: é a melhor coisa que já comeu na vida. Enquanto mastiga, sente orgulho de sua própria existência, aquele sentimento sufocante que provoca uma alegria indescritível de bem-estar na alma. A mãe olha para ele e sorri, distraída da morte por um minuto pelo apetite do filho.

Quatro

Só sabe que o pai havia sido assassinado em um bar na semana seguinte, quando volta à escola. Marcos Roberto, que parecia saber tudo sobre todos os assuntos do mundo, conta que ouviu dois homens na cantina conversando sobre o assunto. O crime aconteceu porque o pai do amigo havia se recusado a pagar a conta depois de beber quase duas garrafas de *whisky* durante um jogo de cartas. Foi jogado para fora pelos seguranças; porém, como estava muito nervoso, voltou para tirar satisfações e acabou se envolvendo numa briga. Quebrou o braço de um segurança e cegou o outro ao atingi-lo com uma garrafada, mas acabou morto após ser surrado por uma pequena multidão de estranhos armados com canos de ferro e tacos de sinuca.

"Desculpe pelo seu pai, mas achei que você ia querer saber", diz Marcos Roberto. Ele finge que tenta consolar o amigo, mas quer apenas ver qual é a reação de um garoto estranho e tímido ao saber que perdeu o pai, bêbado e bandido, numa briga de bar.

"Obrigado por me contar, Marcos. Minha mãe não tinha entrado em detalhes, acho que ela estava com medo que eu soubesse a verdade."

As roupas que a mãe levou no saco de lixo eram para que o pai não fosse enterrado com a camisa cheia de sangue, pensa, mas isso ele não conta ao colega. O grupo de amigos ao redor dele e de Marcos Roberto se afasta aos poucos, um bando de crianças assustadas que nunca estiveram tão próximas de uma vítima da violência. Ele não se abala com a história, até sorri ao imaginar o pai sendo chutado, golpeado com barras de ferro e tacos de sinuca, exalando até o fim aquele cheiro azedo de álcool que saía pelo suor e, naquela imagem derradeira, também pelos ferimentos provocados pelas pancadas. Por fim, inerte, no chão, já sem vida, o pai tornara-se apenas um corpo à espera da mulher que vai trocar sua roupa suja para tentar resgatar um pouco de sua dignidade.

Marcos Roberto é o último a se afastar. Agora o recém-descoberto órfão de pai assassinado está sozinho, no meio do pátio, olhando para uma árvore de cascas envelhecidas enquanto é apontado pelos dedos indicadores das outras crianças, mais velhas e mais novas. Esta árvore deve ter uns cem anos, pensa, mas é distraído pelo movimento arisco de um inseto que sai voando exatamente do ponto em que ele tinha fixado os olhos. Acompanha o inseto no ar, mas o bichinho desaparece em poucos segundos. O pai está morto, mas ele não sente nada.

As circunstâncias da morte do pai fazem com que os meninos da sua idade se afastem, talvez por medo, talvez por recomendação das famílias que já leram seu nome e sobrenome nas páginas policiais. Passa a conviver mais com as garotas, atraídas pelo mistério que envolve aquele garoto bonito e calado. Só vai saber na adolescência que elas servem para outras coisas além de conversar e brincar de esconde-esconde. Gosta desse convívio; quase todas riem de suas brincadeiras e suas saias formam imagens engraçadas quando elas correm ou pulam corda.

Nos primeiros dias após o crime, sente saudades da mãe e chora de ansiedade no banheiro da escola, onde costuma se trancar minutos antes do último sinal tocar. Só tem contato com garotos durante as partidas de futebol, momentos em que são travadas batalhas inesquecíveis de vida ou morte que duram a eternidade de um recreio. Os trinta minutos de intervalo entre as aulas, aliás, funcionam como uma dose compacta de felicidade, um vício que ajuda as crianças a agüentarem o resto de irrealidade a que são submetidos todos os dias. Existe algo mais abstrato para uma criança do que uma equação matemática? Ou uma fórmula de química? A gigantesca quantidade de informação que nunca será usada em 99% das vidas que presenciam aquele espetáculo psicodélico que serve apenas para expandir os limites imaginários de suas pequenas massas cinzentas. Nada mais.

Mesmo assim, assiste a todas as aulas com atenção, mais por medo da mãe do que por curiosidade em aprender. Um personagem desse universo, porém, o incomoda. A voz anasalada e os cabelos presos com perfeição fascista da professora de geografia compõem a matéria-prima perfeita para um trauma infantil, principalmente na percepção de um garoto inseguro e ansioso. Como não entende o que ela fala, qualquer pergunta que lhe é dirigida representa uma flecha de impotência disparada diretamente contra seu cérebro. E a professora, como toda mulher má, usa essa fraqueza para intimidá-lo.

Numa das vezes em que o questiona sobre a capital de um país, recebe de volta um silêncio que provoca um ciclo nem um pouco virtuoso: sem resposta, não pode ser avaliado; sem avaliação, será reprovado. A pergunta é repetida outras duas vezes, mas ele fica nervoso e não consegue lembrar-se nem da primeira letra da resposta. Vasculha a mente e não encontra nenhuma idéia capaz de auxiliá-lo em uma possível associação; percorre mentalmente os mapas dos livros à procura de um som familiar, algo que pudesse reconhecer. Nada. A professora estende o período de tempo previsto para a resposta apenas com o intuito de humilhá-lo. O silêncio é substituído pelo zum-zum-zum entre os alunos, que começam a rir de seu desespero. De propósito, a professora deixa o ruído alcançar o volume máximo antes de enterrar o pobre aluno em sua própria ignorância.

"Moscou."

Cinco

Problemas com a professora e quadros-negros à parte, o que importa agora é que tem uma vida e um futuro pela frente. A mãe voltara a ser a mãe que ele conhecia e amava, agora que já não há o pai por perto para negar-lhe a existência. Ela busca o filho todos os dias na escola com um sorriso nos lábios e puxa conversa sobre as lições, os amigos, os professores. Ele não conta tudo, omite as partes de que não gosta, teme decepcioná-la. Se falar sobre a professora, por exemplo, imagina que a mãe o achará fraco, menor do que ele realmente se considera. Aos dez anos, como todas as crianças, acredita que já é um adulto.

A felicidade da mãe nos últimos tempos provoca uma reação direta na opinião dele sobre a morte: pode ser uma coisa boa. Nos filmes a que assiste, às vezes depois do almoço, a morte é sempre mostrada como algo negativo, uma exigência da natureza que subtrai do mundo pessoas invariavelmente bondosas e repletas de qualidades. As únicas mortes que parecem ter algum significado positivo são aquelas que atingem os criminosos, tanto nas telas como em suas revistas em quadrinhos, onde os vilões são vítimas dos sempre justos super-heróis. Seria o pai então algum tipo de vilão, cuja morte trouxe somente alívio para a sociedade e para os que conviviam com ele? Não sabe a resposta. Nunca ouviu dizer que o pai tenha roubado um banco, ou tentado dominar o mundo, ou alguma outra coisa que os criminosos costumam fazer nos gibis para serem chamados de criminosos. Vilões não têm fotos de Natais passados em família guardadas em seus armários. Vilões nem tem Natal.

Só consegue ver a morte como uma espécie de castigo divino; não tem noção ainda de que ela atingirá a todos, da mãe à vizinha gorda que faz excelentes bolos e até a Marcos Roberto, embora fosse possível que o colega conseguisse uns anos de bônus se contasse à deusa de Tânatos todas as histórias que conta na escola. Por enquanto ainda é uma criança e nada disso lhe vem à cabeça. Tem certeza absoluta de que a morte visita apenas os maus, vilões ou não, pessoas que fazem um favor aos outros quando deixam de viver. A morte é boa como um presente de aniversário. Corrige erros. Limpa o lixo do mundo.

Uma manhã chega atrasado à escola e tem que esperar a primeira aula acabar na sala dos professores, sentado em um sofá marrom de couro envelhecido que gruda em suas pequenas pernas suadas. O móvel é cheio de pequenos furos que permitem que se veja o forro amarelado que surge dos buracos, como insetos de espuma que lutam para não serem esmagados. Nas paredes, desenhos horríveis feitos por crianças da pré-escola, prêmios sem importância recebidos pela escola e diplomas dos professores mais velhos, que dão à instituição de ensino um pretenso ar de credibilidade. Lembra-se do funcionário do velório do pai, que também tentava impor respeito por meio de documentos como esses espalhados por seu recinto de trabalho.

Apesar da placa 'sala dos professores' gravada em ferro dourado, o local não é nem um pouco imponente. É ligeiramente maior que qualquer uma das salas de aula, apenas um pouco mais amplo e claro graças à luz que entra pelos janelões de madeira, coincidência do destino ou prova do gosto duvidoso do decorador, exatamente da cor do velho sofá de couro. Sobre uma toalha de renda feita à mão, a garrafa térmica mal fechada deixa escapar um cheiro fresco de café.

A professora de geografia, que só dá aulas no período da tarde, corrige provas em uma mesa de mogno a três metros de onde ele está sentado. Não sabe explicar por que, mas sente vontade de chorar quando percebe que passará pelo menos a próxima meia hora no mesmo ambiente que ela. E pior: sozinhos, sem nenhum colega para diluir a atenção de seus olhos rabugentos.

"Bom dia, menino", diz, como se não soubesse seu nome ou como se quisesse deixar claro que ele é ninguém. "É feio chegar atrasado, viu? Por acaso você veio distraído pelo caminho ou foi sua mãe que se atrasou?"

Apesar de curta, a pergunta vinha acompanhada de um tom acusatório contra ele, contra a mãe ou contra os dois.

"Minha mãe até se esforçou, mas eu não consegui acordar. Desculpe, foi culpa minha."

"Você não tem dormido direito, é isso? Deve ser o trauma pelo que aconteceu com seu pai. Com o tempo isso passa, menino. Você vai ver."

Não sabe o que significa a palavra 'trauma', nunca a ouviu antes. Mas pode ser que seja isso, pode ser que tenha um trauma e não saiba.

"Pode ser isso, professora. Acho que estou com trauma", diz, apostando que a admissão da culpa é o passaporte mais rápido para o perdão.

"Bom, pelo menos você reconhece que está com esse problema. Agora é hora de trabalhar para superá-lo."

A conversa para ele está ficando surreal. Não sabe nem o significado da palavra, quanto mais como trabalhar para se livrar dele. Mas agora é tarde, não pode voltar atrás, tem que ser coerente com a situação, mais por receio do que por vergonha.

"O que você acha que eu devo falar para a minha mãe, professora? Sabe, para a gente melhorar o trauma."

"Posso indicar uma psicóloga ou um psiquiatra. É uma pessoa que vai conversar com você e tirar tudo de ruim que está nessa cabecinha. Peça para sua mãe me ligar aqui na escola."

Quem ouve a voz anasalada falando naquele tom monocórdio e doce talvez acredite que haja uma boa intenção, mas ele sabe que ela quer o seu mal. Não vai fazer nada do que ela sugerir, nem que a mãe o obrigue. Na pior das hipóteses, foge de casa, de cidade, pega uma carona na estrada e vai nascer de novo longe dali. Não é uma idéia tão ruim assim, já que chegaria a um lugar desconhecido onde não seria apontado como o "filho do encrenqueiro assassinado", alcunha que substitui cada vez mais o seu próprio nome.

"Prometo que vou falar com a minha mãe. Obrigado."

"Ótimo, vou ficar esperando. Agora fique quietinho e deixa a sua professora trabalhar um pouco."

A professora de geografia lê as provas, rabisca 'certos' e 'errados', e de vez em quando levanta os olhos meio de lado para cruzar com os dele. Ele, enfraquecido pela situação e pela visita forçada ao território hostil, tem dificuldade para mover o rosto. Está hipnotizado pela cabeça sem fios de cabelos fora do lugar e pelo nariz anguloso por onde a estranha voz sai quando ela fala. Numa dessas trocas de olhares, a professora até esboça um sorriso, mas não é um sinal em que ele deve ou pode acreditar. Na verdade, nem é bem um sorriso; a inimiga apenas levanta o canto esquerdo da boca sem abri-la, sem mostrar os dentes. Aquilo é um disfarce monstruoso, que será revelado em uma explosão de expressões faciais terríveis, uma careta disforme que dilatará os traços do rosto até que ela não pareça mais uma figura humana; tudo isso acontecerá no exato momento em que ele desviar o olhar. Por isso não tem opção: tem que continuar olhando, fixamente, sem abaixar o rosto. A professora de geografia, no entanto, sem 'saber' que seu rosto se expandirá até virar uma máscara monstruosa de filme de horror, toma aquilo como uma afronta à sua condição de educadora, e decide também manter o olhar fixo no oponente. A cena chega ao seu máximo de tensão, pois ela espera um recuo para não ser obrigada a verbalizar uma disputa sem razão com um aluno de dez anos em plena sala dos professores.

O garoto e a professora estão se encarando há dezessete segundos, mas é claro que, para duelistas, a impressão sempre é a de que se passou muito mais tempo desde que as espadas foram desembainhadas. O aluno tem ódio da professora, talvez tanto quanto teve do pai naquele dia em que disse adeus no velório e não foi ao enterro. A professora também o encara com raiva, como se fosse possível ter raiva de um menino de dez anos que acaba de perder o pai, ou como se sua carreira profissional dependesse da maneira exemplar com que pune psicologicamente esse ser nitidamente inferior, pelos menos na sempre vulnerável hierarquia do momento. Os olhares, um no outro, começam a fomentar uma espécie de ruído, a versão visual daquele som desconfortável que surge na sala de aula toda vez que ele não sabe a resposta.

A porta se abre e os dois quase saltam de suas trincheiras. A professora é a primeira a desviar o olhar, virando-se rapidamente para fingir que presta atenção nas folhas de prova manchadas por letras C e X vermelhas. Ainda nervoso, ele relaxa o maxilar e acaba até emitindo um som baixinho de êxtase que não se sabe de onde veio, do orgulho da vitória ou do agradecimento a quem veio libertá-lo. Nem percebera que os dentes estavam travados desde que prometera levar à mãe o recado da professora sobre traumas e tudo de ruim que, segundo a mulher de voz anasalada, povoa sua cabecinha.

Quem abriu a porta foi a diretora, uma elegante mulher de quarenta e poucos anos vestindo *tailleur* bege escuro e sapatos pretos de salto baixo. Traz um broche de cristal em formato de libélula no peito e uma boa notícia nos lábios: Sim, ele está autorizado a entrar na classe. No momento em que se levanta, ouve o sinal que decreta o fim da primeira aula. Antes de sair da sala correndo, pede para ir ao banheiro. A diretora o autoriza e ele deixa a sala de tortura psicológica sem olhar para seu algoz. Chega ao banheiro correndo, e só então percebe que tinha deixado a urina descer pelas pernas enquanto suas pernas se movimentavam.

Seis

Envergonhado, entra esbaforido no banheiro e tranca a porta às suas costas. Está suando forte e suas costas estão grudadas na camisa pólo branca que, junto com a bermuda caqui e o tênis azul, compõe o uniforme escolar. Ao virar-se, dá de cara com Marcos Roberto, e lhe sobe ao rosto um sentimento de alívio, mas também de pânico, como se fosse possível sentir duas coisas tão opostas entre uma batida e outra do mesmo coração.

A verdade é que não queria encontrar ninguém. Pretende apenas lavar o rosto, secar as pernas com papel higiênico e esquecer o rosto da professora pelo menos até a hora do recreio, sem a necessidade de explicar o que havia acontecido a nenhum colega, muito menos a alguém como Marcos Roberto, que sairia dali direto para a rodinha de alunos mais próxima e despejaria uma torrente de comentários maldosos e piadinhas cruéis. Ao ver o amigo tão nervoso, Marcos Roberto se aproxima e constata, a um palmo de distância, que o amigo está com os olhos marejados.

"Por que você está chorando?"

"Deixa para lá."

"Pode falar. Eu sou seu melhor amigo, prometo não contar a ninguém."

"Esquece, cara. Eu cheguei atrasado, só isso. Vim correndo de casa."

Como todos os garotos repetentes, Marcos Roberto é maior do que ele, um garoto de estatura normal e até um pouco mais alto que a maioria da classe. É também mais forte e mais sádico, pois sabe que seu poder vem unicamente da vantagem física e da desvantagem intelectual.

"É melhor falar, senão vou contar para todo mundo que te encontrei aqui, chorando no banheiro como uma menina. E o que é isso nas suas pernas? Você fez xixi na calça com dez anos de idade?"

"Não é nada disso, já disse. Já passou do horário da minha aula. E estou com saudades do meu pai, me deixa em paz."

"Não mente para mim. Você nem gostava do seu pai, todo mundo sabe que ele batia na sua mãe."

"Acho que isso não é da sua conta. Você acha que sabe tudo, mas a verdade é que você é muito burro, entendeu? Deve ser por isso que já repetiu tantas vezes."

Marcos Roberto o empurra e ele cai perto da pia, batendo a cabeça em cheio na louça branca. O garoto repetente ri, aumentando a sua vergonha. Ele chora de novo, só que desta vez não é por medo da professora fascista, mas de raiva do comportamento do colega. Levanta-se e sente uma dor aguda infernal acima do ouvido, mas que passa depois de três segundos. Passa a mão e sente que um calombo se forma imediatamente no lado esquerdo da cabeça.

"Olha aí, vai chorar de novo! Você é uma menina, mesmo. Seu pai devia ter te dado uma surra quanto você era criança, assim você não ficaria por aí chorando pelos cantos da escola. Menina, menina chorona e desajeitada."

Do lado da pia há uma lata de lixo, um recipiente de ferro que tem quase a sua altura. Está atordoado pela pancada na cabeça, mas tem força suficiente para levantar o lixo e arremessá-lo na cabeça do garoto repetente com toda a energia do universo, como se a sua vida e a vida de sua mãe dependessem de seu ódio. O lixo voa no ar e atinge Marcos Roberto no centro do rosto, uma ação tão inesperada que ele sequer tem tempo de desviar ou de levantar os braços para se proteger. Um garoto de dez anos não tem muita força para arremessar um pesado latão de ferro, mas o peso do objeto, somado à força da gravidade, é suficiente para esmagar o osso do nariz e dois dentes de Marcos Roberto. A vítima cai, desacordada, e uma fonte vermelha jorra do local onde antes da discussão existia um nariz. Um atônito e o outro desacordado, os dois garotos permanecem assim até a chegada do primeiro adulto, atraído pelo barulho que o recipiente de ferro faz quando finalmente chega ao chão de ladrilhos.

A diretora da escola entra e leva as mãos ao rosto, chocada com a cena de violência protagonizada por duas crianças no banheiro de uma escola primária. Ela emite um som de agonia que não chega a ser um grito, e afasta o agressor para um canto do recinto, onde ele ficará até a mãe vir buscá-lo, uma hora mais tarde, com um misto de incredulidade e horror no semblante cansado e já desgastado por outras cenas familiares igualmente horrorosas.

O garoto repetente é carregado numa maca para a enfermaria sob os olhares assustados das outras crianças, que deixam suas salas à revelia dos professores para descobrir que fenômeno havia feito a fria diretora do colégio elevar a voz mais alto do que o normal. Apavorados com o sangue, porém ávidos por mais informações visuais exatamente pela mesma razão, os alunos apóiam-se uns sobre os outros para observar por sobre os ombros dos colegas que chegaram antes. Outros choram, nunca viram nada parecido, e chamam pelas respectivas mães abraçados às pernas das professoras, que do alto de suas estaturas de adultas não têm problemas para ver que uma briga corriqueira no banheiro terminou com um nariz destruído, dois dentes arrancados e um garoto com uma perigosa vocação para a violência.

Sete

Quando entram em casa, mãe e filho não têm o que dizer um para o outro. Ela ainda não entende o que aconteceu, mas olha para o pequeno ser de bermudas e camisa pólo branca com manchas de sangue e se assusta ao ver sua fisionomia tranqüila, como se tudo estivesse bem e os dois estivessem voltando da escola ao fim de um dia perfeitamente normal.

Ele sabe que a mãe está brava, mas não acredita que sofrerá algum tipo de castigo. Entre eles há um código não escrito que garante a sua impunidade, uma arma verbal que ele pode sacar a qualquer momento e que ela não ousará enfrentar. Na verdade, a mãe não tem condições de dizer absolutamente nada, sob risco de ouvir e lembrar as constantes surras domésticas, as lições de agressividade caseira, as regras de um jogo conhecido que sempre beneficiava apenas um dos lados. Além disso, tem um bom álibi em caso de uma ameaça de punição: estava defendendo a memória do pai, não é essa também uma das responsabilidades que se espera dos filhos?

Marcos Roberto é um garoto problemático, talvez até mais do que ele; é mentiroso e, ainda por cima, repetente. Por que se importar com ele? Qual era a diferença para o mundo se seu nariz tinha sido quebrado ou não, se tinha sofrido uma hemorragia facial ou não, enfim, se estava vivo ou morto?

"Pode começar a contar o que aconteceu na escola. Por que você fez aquilo com seu amiguinho? O que foi que ele disse para você ficar tão nervoso?"

A mãe se acha no direito de questioná-lo, mas é fraca: sabe que não pode ultrapassar a linha que a levará a questões que envolvem a si própria. Não agüentará se o filho mencionar, em qualquer fragmento da resposta, o nome do pai, ou sequer a palavra pai, ou qualquer outra associação entre o seu comportamento na escola e as noites dos meses anteriores e dos anos anteriores, quando na casa ainda morava uma terceira pessoa, aquele que por algum tempo era conhecido como chefe da família. Ele sabe disso, sabe que ela não suportará o que pode sair de sua boca, e por isso mesmo demora a pronunciar uma resposta. O resultado disso é que, mesmo sem querer, transfere para a mãe a mesma ansiedade que sentia quando a professora de geografia esticava o tempo depois de perguntar o nome de uma capital ou qualquer outra informação que ele nunca saberia responder.

"Não foi nada, mãe. O Marcos Roberto me empurrou no banheiro e joguei o lixo na cabeça dele. Ele não é meu amigo de verdade, sempre arranja confusão com todo mundo, pode perguntar para a diretora."

Não diz nada sobre as ofensas ao pai, nem sobre o fato de ter sido ridicularizado e chamado de menina desajeitada. Não menciona, também, que acredita que a escola será um lugar melhor sem Marcos Roberto, um aluno repetente e mentiroso que atrapalha a vida de quem quer apenas ser mais uma criança entre tantas. Não diz isso porque tem medo de completar o raciocínio em voz alta, "como nossa casa, que também ficou melhor sem o papai", diria, se tivesse coragem.

A mãe sabe que ele não está contando toda a história, pode ver no rosto do filho. Não chega a ver se seus olhos mentem, já que desvia o olhar para os lados enquanto conta a história, indício que denuncia praticamente toda criança mentirosa. Há casos, porém, em que as mães precisam aceitar a mentira dos filhos, e este é um deles. Beija o garoto na cabeça e sente o cabelo ainda cheiroso de xampu do banho tomado poucas horas atrás. Sente também o calombo do lado esquerdo, a prova que estava esperando – e rezando – para absolvê-lo de uma vez por todas daquela história. Encosta a cabeça no peito da mãe e, como se o contato com ela fosse uma droga capaz de alterar seus batimentos cardíacos, instantaneamente seu coração volta a latejar no ritmo normal. No meio da sala de estar de uma família nem pobre nem rica, uma mãe acaricia a cabeça do filho em silêncio, inconscientemente pedindo a Deus, ou aos deuses (se o correto em relação ao reino dos céus fosse o plural, o que nunca saberemos) para que aquele episódio nunca mais se repita, nem nenhuma outra situação semelhante. Reza também – e aí talvez fosse mais indicado pedir aos cientistas especializados do que aos santos – para que o filho possa se livrar o mais rápido possível dos genes violentos herdados do pai.

Já não há necessidade de se mencionar nada sobre a conversa com a professora de geografia e o conselho dela para que visite um psicólogo. Não traz à tona a palavra 'trauma', já não quer mais saber o que significa. Em meio a tantos pensamentos, vem à cabeça uma idéia que também nem sonha em dizer em voz alta: em um mundo ideal, deveria ter feito com a professora de geografia o mesmo que fez com Marcos Roberto.

A mãe torce para que o calombo seja a prova de que o filho está falando a verdade, mas no fundo sabe que a sua história esconde muito mais do que aquilo que ele conta. Pede, então, para que suba para o quarto e descanse, ela o chamará para o almoço. O filho obedece, nem cogita em não fazê-lo. Enquanto sobe as escadas, lembra-se do som dos passos da mãe na madeira, conhecido trajeto que ela fazia todas as noites após as surras do pai para o beijo noturno no filho que fingia dormir. O pai morreu, Marcos Roberto está no hospital colocando pinos de platina na cartilagem do nariz, a professora de geografia agora sabe do que ele é capaz. A vida, afinal, começa a melhorar.

Está há uma semana sem ir à escola. Acha agradável a idéia de passar todo aquele tempo com a mãe, mas receia que algo imprevisível possa lhe acontecer. A mãe já não sorri mais como antes, passa quase a semana toda lhe evitando. Há uma sensação estranha no ar, porque a semana parece demorar muito mais do que os seus sete dias de vinte quatro horas.

O futuro passa a ser muito mais incerto depois que vê, dentro de uma pasta azul de plástico sobre a mesa, uma lista com telefones e endereços de outras escolas. Toma coragem e pergunta à mãe o que é aquilo, e escuta como resposta que algumas coisas mudarão na vida deles, e para melhor. A ansiedade sobre o novo futuro faz o chão ficar irregular sob os seus pés, pois está diante de um futuro invisível em que não pode se imaginar. Imagina-se mudando de casa com a mãe, duas criaturas abandonadas numa periferia de cidade grande, sem dinheiro nem cobertores, mais um número para compor a infeliz estatística. A mãe voltaria a trabalhar fora, em um emprego de verdade, e não mais naqueles bicos como costureira que permitem que fique em casa cuidando do filho de dez anos órfão de pai. Sairia cedo e voltaria à noite, quando ele já estivesse dormindo. Abandonado à sorte, teria que passar o dia brincando com os filhos da simpática vizinha gorda, muito provavelmente sem os benefícios dos bolos de laranja, ou agüentar as insuportáveis e felizes crianças que moram na casa azul no fim da rua. Começaria a se envolver com outros pequenos desocupados abandonados por suas respectivas mães, e na adolescência já estaria sustentando a casa com pequenos furtos e bolsas roubadas de velhas distraídas. Depois de assustadores minutos de fantasia, os dias que vêm por aí não lhe parecem mais incertos, pelo contrário, descrevem exatamente o processo de transformação de uma criança problemática em um jovem criminoso.

"Mãe, por que é que eu vou ter que mudar de escola? A briga no banheiro foi culpa do Marcos Roberto, ele é que deveria ser expulso."

"Não liga, filho, o mundo é assim. Nem sempre as coisas acontecem do jeito que a gente planeja. Mas não se preocupe, vamos encontrar uma escola muito mais legal para você. Aquela diretora falou coisas horríveis sobre a nossa família, coisas que não posso aceitar de braços cruzados. Agora somos nós que não queremos mais estudar lá."

A mãe fala como se estudasse lá, como se ela tivesse que passar pelos suplícios das aulas de geografia e tudo o mais. Nós não queremos mais estudar lá, diz com convicção, como se fosse fácil para um órfão de pai assassinado e com um histórico de violência ser aceito em qualquer escola, inclusive em uma nova escola. Como se fosse fácil aceitar dedos acusadores apontando em sua direção toda vez que algo de ruim acontece no mundo; como se fosse fácil ser o exemplo do que não deve ser o comportamento de uma criança normal.

"O que ela falou sobre a nossa família, mãe?"

"Não se preocupa, deixa que sua mãe resolve."

"A gente vai ter que sair daqui de casa também?"

"Por enquanto, não. Mas acho bom a gente começar a pensar no assunto. Afinal, essa casa é grande demais só para nós dois, não é?"

Agora é definitivo. Está sozinho no mundo, já tem saudades dos colegas e dos momentos de compacta felicidade eterna dos recreios que já parecem tão distantes. Os dias seguintes, em casa, sem tempo sequer para despedir-se dos amigos, são marcados pela ausência física da mãe, que passa boa parte das tardes no quarto, ao telefone, discutindo valores e humilhantes formas de pagamento com diretores de escolas da região.

Negociações resolvidas, começa na nova escola no início da semana seguinte. Não é tão bonita, nem tão perto de sua casa quanto o velho prédio administrado pela diretora que o traiu, mas pelo menos é uma escola – ao menos é isso o que garante logo na entrada uma imponente placa de bronze com data de inauguração e assinatura do mesmo prefeito que ilustra as capas dos cadernos dos alunos e empresta o nome ao prédio principal.

Outra novidade operacional em sua vida: agora tem que esperar pelo ônibus escolar, um veículo semi-abandonado dirigido por um homem assustador, de bigodes amarelados e cabelos despenteados. Suas unhas, nas mãos sobre a direção, são podres e tem a mesma cor do asfalto. Na lapela, carrega um broche com o rosto do prefeito que dá nome à escola, única prova de que ele tem vínculo com algum estabelecimento que não seja o hospital psiquiátrico ou o presídio mais próximo. A visão desse homem o atormentará durante uma seqüência impiedosa de noites, em muitos pesadelos não explicados, embora ele ainda não saiba disso.

No primeiro recreio, senta sozinho sob uma árvore e observa as outras crianças brincando confinadas dentro de um quadrado de areia cercado por grades altas. Sente falta do campo de futebol e das piadas que os garotos faziam com as roupas e as vozes dos professores. Quer voltar à escola antiga, mas essa mudança parece definitiva, uma revolução consolidada em seu dia-a-dia. A mãe garante que ele teve sorte: o ano letivo já começara havia meses e nenhuma outra escola aceitaria um aluno tanto tempo após o início das aulas. O lado mais negro de toda essa alteração em sua vida, no entanto, não é o quadrado de areia, nem o aspecto repugnante do motorista do ônibus escolar, mas o fato de que todas as crianças já têm um 'melhor amigo' definido e sacramentado. Ele é órfão de pai assassinado, não conhece ninguém, chegou ali com um carimbo invisível de violento estampado em sua mochila, e nunca conquistará um melhor amigo. Para piorar, a cena que tinha uma pequena esperança de que não acontecesse acaba, obviamente, se confirmando. Na saída do primeiro dia de aula, é o alvo dos dedos indicadores, acusadores e implacáveis de todas as mães – menos a sua, que chega meia hora atrasada para buscá-lo. Isso não é suficiente para fazê-lo chorar: jura nunca mais derramar uma lágrima em nenhuma escola do mundo.

Oito

Os anos passam sem fatos relevantes, apenas o cotidiano engolindo o tempo e a máquina do sono transportando mãe e filho para dias seguintes absolutamente semelhantes, noite após noite. Durante a semana, a dupla existência resume-se a banhos, cafés da manhã, escola, almoços, lições de casa, TV, jantares, sonhos. Nos fins de semana, a escola é substituída por partidas de futebol na Associação de Moradores, logo ali, ao lado do imponente edifício onde funciona a fábrica que move a economia da cidade.

A mãe costuma fazer questão de levá-lo. Chega até a subir na pequena arquibancada, onde passa o tempo costurando roupas de lã afastada dos outros adultos que torcem para suas respectivas crianças. Ele se entrega ao futebol com paixão, até esquece os assuntos que costumam preencher seu pensamento durante o resto da vida. A Associação de Moradores é um lugar frio e úmido. O local mais popular dentro do edifício é a quadra esburacada de cimento pintado de verde e branco, escondida dentro de um galpão de ferro com uma única janela. Isso torna o prédio ainda mais claustrofóbico do que se não houvesse ali nenhum pedaço de céu à mostra.

O garoto não expressa qualquer sinal de violência durante esse período, o que traz alívio à mãe e, por que não dizer, a ele também. Cresce de forma saudável e impressionantemente tranqüila para uma criança com tão poucos amigos, afastados dele por praticamente todos os pais de crianças da nova escola, que só permitem que seus filhos relacionem-se superficialmente durante os jogos de futebol da Associação dos Moradores. Nada de almoços depois da aula na casa dos colegas, nem convites para que passe a noite jogando videogame e comendo cachorro-quente, como acontece com os outros garotos da mesma idade. Ninguém jamais menciona o assunto na frente dele, mas a agressão a um colega de escola e o trágico episódio da morte do pai o perseguem como um sobrenome invisível. Mesmo em meio às dezenas de crianças da escola, sente-se um estranho. Mas não esconde que lhe causa um certo alívio sentir-se um estranho. Pode passar dias sem falar com ninguém, e faz isso sem remorso, sem sentir falta de qualquer contato social. Os professores, menos disciplinadores que os da antiga escola, não querem saber de capitais longínquas nem sequer exigem atenção dos alunos. Ganham pouco e querem ser deixados em paz. Nem na classe se vê obrigado a falar ou prestar atenção ao que é discutido, já que não há perguntas dirigidas a ele.

Não cresce exatamente como um homem triste, apesar da introspecção e da solidão amenizada pela atenção da mãe. Aos dezesseis anos, começa a prestar atenção em outras coisas, e guarda a sua tragédia pessoal em algum compartimento lá no fundo do cérebro. O pai é uma imagem distante, cada vez de contornos mais imprecisos, não só porque é função do tempo pregar essas peças na memória, mas também porque todo ser vivo, homem ou animal, depende de um sistema eficiente de autopreservação. O que ainda existe – e cada vez mais acentuadamente – é uma semelhança física entre pai e filho, o que às vezes provoca calafrios na mãe, embora ela nunca reconheça isso em voz alta para ninguém.

Sua fisionomia suscita lembranças desagradáveis na mãe, mas as garotas de sua idade olham para ele e vêem um jovem tímido e bonito. O silêncio que carrega consigo lhe confere um delicado mistério muito útil na vida, principalmente naquela fase de descobertas que começa a existir no dia em que conhece Marina.

Nove

Marina é loira. Isso lhe chama a atenção desde o dia em que a vê pela primeira vez na sala de aula. Ela também veio de outra escola, na verdade de outra cidade, nem faz idéia quem são aqueles garotos que olham diretamente em seus olhos na esperança de receberem algum tipo de autorização para se aproximarem e iniciarem uma conversa sobre nada. Também está entre os que a encaram, mas é ele quem desvia os olhos quando suas pupilas se encontram. Ao contrário dos outros, que tentam atrair os olhos dela e mantê-los em contato pelo maior tempo possível, sente vergonha por não saber o que fazer no momento seguinte ao que ela retribui o olhar.

Não se lembra de meninas loiras na escola anterior. Os cabelos de Marina são longos e lisos, com uma franja incontrolável que cai pouco abaixo das sobrancelhas e encosta de vez em quando nos cílios. Quando isso acontece, a virgem de dezesseis anos joga o cabelo para trás e destrói os corações dos garotos inexperientes. Encanta sem fazer força, sem sequer distribuir sorrisos a estranhos que a encaram incansavelmente durante todo o primeiro dia de aula. Ainda não compreende a dimensão do poder que sua beleza lhe confere, mas um dia compreenderá.

O sinal toca e a classe nem espera o professor terminar a frase, em um sinal de desrespeito tão comum que nem chega a incomodá-lo. Apesar da personalidade forte, a nova garota loira que ninguém conhece é uma adolescente como todas as outras, e sorri nervosa quando percebe que é o centro das atenções. Ele se levanta sem se importar com a nova atração escolar, por isso agora é Marina quem o observa, o jeito determinado dele andar, a maneira como se movimenta como um homem feito embora tenha apenas dezesseis anos, exatamente como ela. Repara que suas costas são largas e as pernas são firmes e terminam em nádegas duras e redondas. Os antebraços cheios de veias à mostra parecem desconfortavelmente apertados dentro das mangas justas da velha camisa pólo do uniforme.

Marina finge anotar alguma coisa no caderno apenas para ter certeza de que será a última a sair da classe. Não quer correr o risco de ser convidada por outro garoto para tomar refrigerante na pequena lanchonete ao lado do campo de areia ou para comer salgadinhos na área descoberta, onde os repetentes e os rebeldes mais novos e de personalidade fraca se reúnem para fumar. Marina quer sair e descobrir o que aquele garoto de costas largas e rosto tímido faz no intervalo; quer saber quem ele é, do que gosta, por que permanece quieto durante as aulas enquanto todos conversam sem objeção alguma do professor. Quer saber que mistério se esconde atrás daqueles olhos que se abaixam toda vez que ela tenta erguer uma ponte imaginária entre os seus círculos azuis e os dele, castanhos.

Marina finalmente deixa a classe e o encontra sozinho, sentado embaixo de uma árvore com um livro nas mãos, perto da área descoberta de onde vem um leve cheiro de fumaça de cigarro. Ela se aproxima e percebe que ele se retrai, desconfiado como um felino.

"Legal essa escola, não é?", ela pergunta, puxando papo. "Pelo menos o professor não fica enchendo o saco o tempo inteiro e passando um monte de lição que não vai servir para nada quando a gente for mais velho."

"É verdade. Também gosto disso."

"Já que temos que vir aqui todos os dias, que pelo menos ninguém nos incomode além do necessário, não é?"

"Acho que você tem razão. Pelo menos aqui eles nos deixam em paz."

"Sou nova por aqui. Eu e minha família acabamos de mudar para esta cidade. Até agora, estou achando legal."

"Bem-vinda."

"Obrigada. Hoje é meu primeiro dia de aula. Você sempre estudou nessa escola?"

"Não, eu estudava em uma escola mais perto da farmácia principal, você conhece? Eu tive que sair de lá, mas não importa. Já estou aqui há um bom tempo, desde que eu tinha uns dez anos."

"Bem, até que faz bastante tempo. Quantos anos você tem?"

"Dezesseis. E você?"

"Também."

Os dois ficam em silêncio um tempo, procurando no ar a próxima frase.

"Estou vendo que você gosta de ler. Que livro é esse, posso ver?"

Ela senta-se ao lado dele e puxa o livro de suas mãos, antes mesmo de ele responder.

"*On the Road*. É sobre o quê?"

"Um cara que sai pelos Estados Unidos pegando carona e fazendo um monte de loucuras. É bem legal, meu sonho é fazer uma viagem assim algum dia."

"Sério? Nossa, que coragem... E por onde você começaria? Para onde você iria?"

Ele nunca planejou viajar por aí sozinho como o personagem do livro, mas acredita que ao dizer isso dará a impressão de que é um jovem aventureiro, interessante. Gosta da idéia de viajar, começou a ler o livro justamente porque um professor o recomendou à classe dizendo que aquele era um livro clássico sobre viagens e autoconhecimento, mas não imaginava que alguém lhe perguntaria sobre um destino geográfico real, determinado. Até o momento, nunca pensou que poderia ir a algum lugar fora dos limites da cidade numa viagem que tivesse como propósito esse objetivo: chegar a algum lugar. Essa fuga planejada, a viagem em si, é que parecia importante. Mas não pode dizer isso a Marina, não pode sequer conceber a idéia de que lê um livro de viagens sem um paraíso de verdade em mente.

"Não sei. Para falar a verdade ainda estou pensando em um lugar ideal. Talvez uma praia. Talvez Moscou."

"Moscou, você está falando sério? Acho que na Rússia nem dá para ir à praia. Não é frio demais por lá?"

Ele não sabe onde é Moscou, nem sequer imagina que é uma cidade na Rússia. A professora de geografia provavelmente mencionou isso na classe, mas não guardou a informação, não tem a menor idéia de onde fica Moscou, não saberia sequer apontá-la em um mapa. E é claro que não tem a menor idéia se lá faz sol ou se caem do céu canivetes suíços.

"Para falar a verdade ainda não decidi. São tantos lugares, não é? Acho que no fundo o importante de qualquer viagem é a pessoa que está sentada ao seu lado. Alguém especial para dividir a janela."

Não acredita que a frase saiu de sua própria boca, nunca se imaginou capaz de dizer algo tão sensível assim. Talvez este seja um sinal de que a presença dela é especial.

Marina fica surpresa, pois sua voz muda como se ele tivesse se emocionado enquanto elaborava o pensamento. Olha para ele com ternura, como se compreendesse exatamente o tipo de solidão que passa por sua cabeça. Não é a resposta que ela esperava ouvir de um garoto rústico de dezesseis anos e antebraços grossos como troncos.

"Nossa, que bonito isso... Eu sei que a gente acabou de se conhecer... mas se você for mesmo para Moscou, você me leva junto?"

Agora ela está bem perto dele, seus hálitos já respiram a mesma atmosfera. Seu rosto está se aproximando lentamente do dele, até que ela fecha os olhos e espera. Ainda de olhos abertos, ele se sente atraído por seus lábios, sua pele, o cheiro fresco dos seus cabelos, os cílios grossos que tremem nervosos como minúsculos ímãs selvagens. Ele também fecha os olhos e as duas bocas, por instinto, percorrem o mesmo caminho, cada uma chegando de uma direção, até que se encontram. Os lábios dele estão inicialmente fechados, mas se abrem ao serem tocados por uma língua molhada e macia, que descobre a dele e a envolve. O prazer é tão grande que ele acha que vai desmaiar, mas não há perigo: Marina segura sua cabeça com a mão esquerda, e trança os dedos no cabelo de sua nuca. Ele não quer sair dali nunca mais.

Dez

Marina é sua primeira namorada. Aos dezessete, já é um homem bonito, bem diferente da criança tímida e assustada que cobria a cabeça quando ouvia os saltos da mãe torturando os degraus da escada. A imagem do pai já desbotou de sua memória há muito tempo, e os carinhos da bela garota podem ser considerados um novo batismo, o início de uma história de vida reescrita a partir do segundo capítulo.

Já namoram há um ano e, depois de vários convites, Marina aceita conhecer sua casa depois da aula. Ele avisara a mãe, que promete recompensar a garota com cachorros-quentes e Coca-Cola. O sinal da escola marca o início da nova aventura. Caminham rapidamente de mãos dadas até o ponto de encontro de onde sai o ônibus escolar. É a primeira vez que ela entra em um ônibus, porque sua mãe ou seu pai costumam buscá-la ao fim das aulas todos os dias. Apresenta a namorada ao motorista de bigodes amarelados e cabelos despenteados; hoje está tão feliz que até o estranho motorista parece ser uma pessoa normal.

Está empolgado com a visita da namorada, não consegue esconder. No caminho, aponta com a cabeça casas pelas quais passa todos os dias, e cada uma delas parece estar diferente. Ali é a padaria, mais adiante está a Associação de Moradores onde ele joga futebol. Marina se admira a cada comentário, acha tudo interessante. Como costuma ficar quieto a maior parte do tempo, para a garota tudo o que ele diz é adorável.

Chegam à casa dele. Não sabe por que a mãe está maquiada, o jovem casal vai apenas ficar em casa e ver televisão. No futuro, saberá que mulheres se arrumam umas para as outras, não importa a idade ou o parentesco da concorrente. Sentam-se os três à mesa da sala para saborear os sanduíches e o refrigerante. A mãe corre até o aparelho de som, torce para que esteja funcionando depois de tantos anos sem ser ligado. Um disco antigo de velhos negros empunhando instrumentos dourados de sopro toma a sala, mas é uma música que já não se ouve mais. Marina ouve música eletrônica em casa e não entende esse tipo de melodia tão orgânica, mas não diz nada. Ela está feliz e isso faz com que ele também se sinta feliz por ver que sua casa pode ser um lugar assim, comum, normal.

Marina, alegre e falante, tem um sentimento de confiança por esses dois integrantes do menor núcleo possível ao qual se pode dar o nome de família. Depois do lanche, a mãe sobe para o quarto e deixa os dois assistindo a seriados americanos na TV. Nos comerciais, um pouco sem assunto, beijam-se e trocam carinhos comportados. Apesar de um bom tempo juntos, esta é a estréia oficial de Marina em sua vida, mas já tem certeza de que a quer por perto para sempre.

Quando anoitece, a mãe chega para buscá-la. Sente-se adulto ao chamá-la de 'senhora', agradece por ter deixado

Dez

Marina é sua primeira namorada. Aos dezessete, já é um homem bonito, bem diferente da criança tímida e assustada que cobria a cabeça quando ouvia os saltos da mãe torturando os degraus da escada. A imagem do pai já desbotou de sua memória há muito tempo, e os carinhos da bela garota podem ser considerados um novo batismo, o início de uma história de vida reescrita a partir do segundo capítulo.

Já namoram há um ano e, depois de vários convites, Marina aceita conhecer sua casa depois da aula. Ele avisara a mãe, que promete recompensar a garota com cachorros-quentes e Coca-Cola. O sinal da escola marca o início da nova aventura. Caminham rapidamente de mãos dadas até o ponto de encontro de onde sai o ônibus escolar. É a primeira vez que ela entra em um ônibus, porque sua mãe ou seu pai costumam buscá-la ao fim das aulas todos os dias. Apresenta a namorada ao motorista de bigodes amarelados e cabelos despenteados; hoje está tão feliz que até o estranho motorista parece ser uma pessoa normal.

Está empolgado com a visita da namorada, não consegue esconder. No caminho, aponta com a cabeça casas pelas quais passa todos os dias, e cada uma delas parece estar diferente. Ali é a padaria, mais adiante está a Associação de Moradores onde ele joga futebol. Marina se admira a cada comentário, acha tudo interessante. Como costuma ficar quieto a maior parte do tempo, para a garota tudo o que ele diz é adorável.

Chegam à casa dele. Não sabe por que a mãe está maquiada, o jovem casal vai apenas ficar em casa e ver televisão. No futuro, saberá que mulheres se arrumam umas para as outras, não importa a idade ou o parentesco da concorrente. Sentam-se os três à mesa da sala para saborear os sanduíches e o refrigerante. A mãe corre até o aparelho de som, torce para que esteja funcionando depois de tantos anos sem ser ligado. Um disco antigo de velhos negros empunhando instrumentos dourados de sopro toma a sala, mas é uma música que já não se ouve mais. Marina ouve música eletrônica em casa e não entende esse tipo de melodia tão orgânica, mas não diz nada. Ela está feliz e isso faz com que ele também se sinta feliz por ver que sua casa pode ser um lugar assim, comum, normal.

Marina, alegre e falante, tem um sentimento de confiança por esses dois integrantes do menor núcleo possível ao qual se pode dar o nome de família. Depois do lanche, a mãe sobe para o quarto e deixa os dois assistindo a seriados americanos na TV. Nos comerciais, um pouco sem assunto, beijam-se e trocam carinhos comportados. Apesar de um bom tempo juntos, esta é a estréia oficial de Marina em sua vida, mas já tem certeza de que a quer por perto para sempre.

Quando anoitece, a mãe chega para buscá-la. Sente-se adulto ao chamá-la de 'senhora', agradece por ter deixado

Marina passar a tarde em sua casa. Quer mostrar que é educado, mais ainda, quer provar que é um adolescente como qualquer outro. Deseja isso com tanta força que repete o agradecimento três vezes, sem perceber. Marina acha engraçado, bonitinho. A mãe dela não fica tão contente ao constatar que o namorado mora em um dos bairros mais humildes da pequena cidade, mas não diz nada para a filha. O forte e simpático garoto de dezessete anos acaba de se tornar um pequeno inimigo, alguém que pode roubar-lhe a filha educada com tanto esforço. A mãe de Marina sabe quem ele é, conhece a história de sua família. A cidade é pequena, não está imune a comentários maldosos em estabelecimentos públicos, como cabeleireiros e restaurantes. Mesmo assim, tenta fingir simpatia, até para não correr o risco de ver a filha fugir com um desajustado social menor de idade e órfão de pai assassinado. Sabe que ele é muito bonito; lembra como era difícil resistir a garotos assim e, principalmente, a olhos misteriosos e expressivos em corpos robustos como o dele. A porta do carro se bate; ele sorri e acena enquanto mãe e filha desaparecem na primeira rua à esquerda. Os olhos de Marina permanecem fixos nos dele até o carro fazer a curva, e só então ela se vira para responder às perguntas da mãe.

"Tudo bem querida, como foi a sua tarde?"

"Foi super legal, mãe. Acho que gosto mesmo dele."

"Puxa, que bom, minha filha. Mas é meio cedo para pensar nisso, não é? Você ainda é muito jovem, ainda vai conhecer muitos garotos antes de se apaixonar de verdade..."

"Mãe, eu já estou apaixonada. E agora, depois que conheci a mãe dele, estou mais ainda."

"Nossa, mas também não precisa falar assim. Me conta, estou louca para saber o que vocês fizeram de tão legal assim."

"A mãe dele fez uns sanduíches e a gente ficou na sala. Nada de mais. Depois ficamos conversando e vendo televisão. Ficamos namorando, foi isso."

"Ah, mas que bom. E ela é simpática? Quantos anos você acha que ela tem, é mais velha ou mais nova que a mamãe?"

"Ah, sei lá, mãe. Ela é legal, bonitona. Só parece meio triste às vezes, não sei por quê."

"Minha filha, você não sabe a história do pai dele? Deve ser muito triste para uma mulher viver assim, com um marido como o que ela teve."

"O que aconteceu com o pai dele? Ele nunca fala nada sobre o pai."

"É que o pai morreu, parece que foi assassinado numa briga na rua. Dizem que era meio encrenqueiro, arrumava confusão com qualquer um. Cuidado com gente assim, minha filha. Se você achar alguma coisa estranha nessa família, você me conta e termina o namoro com ele."

"Mãe, você está louca? Ele é ótimo, não tem nada de errado com ele. Essa história maluca do pai não é culpa dele, coitado. Ele é o garoto mais lindo, o mais inteligente, o mais romântico, o mais tudo do mundo."

"Ah, mas na sua idade tudo é tão lindo, não é? Esses são os piores, minha filha. Olha seu pai. Quem olha acha que ele é perfeito, não é? Mas você sabe o que ele faz. É a mesma coisa com esse seu namoradinho novo. Ele pode ser forte, bonito, mas essas coisas de agressividade às vezes passam de pai para filho. É perigoso."

"Mãe, nunca ouvi falar que violência passa de pai para filho. Não tem nenhuma lógica, ele não tem nada a ver com a história do pai. E é melhor a gente nem falar sobre pais violentos, não é?"

"Não fala assim do seu pai, Marina."

Onze

Uma semana depois, Marina entra na classe com o olho esquerdo coberto por uma gaze branca e uma discreta camada de esparadrapo. As alunas apontam para ela e riem, até perceberem de que se trata de um assunto sério. Ele já está na classe, preocupado por não tê-la encontrado no portão de entrada da escola na hora combinada, como todos os dias, para um beijo na boca de bom dia antes da primeira aula.

"Crianças, atenção. Não quero mais ouvir risinhos ou conversas paralelas. A Marina sofreu uma queda em casa e o médico fez um curativo nela. Está tudo bem, vamos continuar a leitura. Página 44", diz a professora de biologia antes de colocar o dedo indicador na frente da boca, gesto que significa 'calem a boca' na linguagem universal dos sinais.

Ele olha para Marina e sofre, ansioso para saber os detalhes da história. O relógio anda lentamente, cada minuto é tão longo quanto o anterior. Passa o resto da aula contando os segundos e imaginando como o amor de sua vida pode ter rolado pela escadaria ou pisado em falso em um pedaço traiçoeiro de chão. Marina vira-se para ele apenas uma vez em toda a aula, mas logo desvia o olhar e enterra o rosto nas células e mitocôndrias do livro de biologia. Finalmente, o sinal interrompe a voz monótona da professora. Os alunos levantam correndo de suas cadeiras e saem direto para o corredor em frente à sala de aula, onde costumam trocar idéias e revelar o pouco que sabem da vida durante os cinco minutos de intervalo entre a saída de uma professora e a chegada da outra. Marina e ele preferem não sair, e encontram uma inesperada privacidade na sala de aula vazia.

"Marina, me conta, por favor. O que aconteceu?"

"Nada de mais. Ontem à noite eu caí da escada quando estava subindo para o meu quarto."

"Caiu da escada? Como assim, caiu como?"

"Caí, caí. Tropecei em algum degrau, sei lá. Acho que tem uma tábua solta na escada."

"Tropeçou na tábua solta da escada? Foi isso?"

"Foi. Perdi o equilíbrio, caí e bati a cabeça."

As frases de Marina não vêm acompanhadas pelos seus olhos, ou pelo menos não pela sinceridade que acompanha olhos que contam histórias reais. É a maior prova de que está mentindo.

"Marina, me desculpe, mas estou achando essa história meio esquisita. Como é que você ia tropeçar assim, sem mais nem menos? Se havia uma tábua solta na escada, por que seu pai não a consertou antes?"

Marina olha para baixo e suspira, aceitando que não conseguirá esconder a verdade por muito tempo.

"Está bem, vou te contar tudo o que aconteceu. Mas, por favor, queria que você não ficasse nervoso. Não vai adiantar nada agir de maneira imprudente. Daqui a pouco eu fico boa e a vida segue como sempre."

"Marina, você pode me contar o que aconteceu?"

"Foi meu pai. É isso, pronto. Foi meu pai."

"Seu pai? O que é que tem o seu pai?"

"Meu pai é um idiota. Eu não caí da escada coisa nenhuma. Foi minha mãe quem me mandou dizer isso para não piorar a situação. Está vendo este machucado aqui? Foi meu pai quem fez. Ele me bateu, me deu um soco no rosto no meio da jantar. E sabe o que minha mãe fez? Nada. Ela me mandou subir para o meu quarto porque queria conversar sério e acalmar meu pai. E só."

"Um soco na cara? Mas por que ele fez isso?"

"Ele e minha mãe estavam discutindo durante o jantar e pedi para eles pararem de gritar. Acho que ele estava com raiva dela e descontou em mim, sei lá! Vai lá perguntar para o desgraçado se você está tão interessado!"

"Não, Marina, espera um pouco. Estou do seu lado, só não imaginava que uma coisa dessas pudesse acontecer na sua casa. Agora fica calma e me conta direito o que aconteceu."

Marina começa a chorar e ele a levanta pelo braço, em direção à porta. O professor de matemática já está na porta, mas o casal passa por ele e sai da classe mesmo assim. Vão até a árvore onde haviam dado o primeiro beijo em uma manhã já muito distante, lugar que consideram uma espécie de santuário informal desde então.

"Marina, agora que estamos sozinhos, me conta a verdade. O que realmente aconteceu."

"Eu não sei, juro. Eles estavam discutindo durante todo o jantar. Uma hora, vi que meu pai se levantou para bater na minha mãe, então eu também levantei da cadeira e tentei segurá-lo. Eu pedi para os dois pararem de gritar. Meu pai ficou vermelho, nervoso. Virou o braço com força e me deu um soco no rosto. Eu caí no chão e ele começou a dar tapas na cabeça da minha mãe, até ela correr para a cozinha. Meu pai então foi para a sala e minha mãe voltou até onde eu estava caída. Ela me levantou e perguntou se eu estava bem. Eu disse que sim. Depois ela foi comigo até o quarto e disse que eu deveria mentir na escola e contar que tinha caído da escada. Ela prometeu que, se eu obedecesse, conversaria com meu pai para isso nunca mais acontecer."

"Vocês não pensaram em chamar um vizinho, alguém para ajudar?"

"Ela tem medo. Medo e vergonha. Não é a primeira vez que isso acontece. Quando já estava na minha cama, ouvi quando ele começou a esmurrar a porta do quarto deles com a minha mãe trancada lá dentro. Ele gritava que ia derrubar a porta e acabar com ela. Depois de um tempo, desceu a escada correndo e saiu de carro. Acho que voltou de madrugada, porque o carro já estava na garagem quando saí de manhã para vir para a escola."

"Que filho da puta... Você quer que eu faça alguma coisa? A gente pode ir até a polícia, dar queixa a uma delegacia de mulheres, algo assim."

"Não, esquece. Não adianta, nunca vai adiantar fazer nada. Dá para a gente mudar de assunto agora? Meu pai fica nervoso com a minha mãe, é discussão o tempo todo. Não sei por que ela não pede o divórcio logo."

A visão do seu pai surge em sua frente como uma miragem e lhe provoca um enjôo. Deixa Marina sozinha e corre para o banheiro, segurando o vômito que já começa a deixar o estômago a caminho do esôfago. Na primeira pia que aparece pela frente, tira as mãos que obstruem a boca. Sua cabeça dói enquanto a garganta expele o líquido ralo e fino, quase sem consistência. Vem à sua mente a foto da família que permanece escondida na primeira gaveta da cômoda. Lembra-se também que não tomou café da manhã, e portanto seu estômago não tem nada mais a oferecer à pia. Esfrega o rosto com as duas mãos, como se quisesse diluir na água a imagem do pai e vê-la escorrendo pelo ralo. Não conhece o pai de Marina, imagina apenas uma violenta imagem masculina dela mesma, mais velha, sem a doçura nem os cabelos longos. É como se os pais dos dois adolescentes se tornassem um só, irmãos unidos pela violência e covardia. O pai de Marina é um espelho de seu próprio pai, assim como o amor torna Marina a imagem refletida de seu coração. Esses pensamentos confusos tomam conta de seu raciocínio, mas renasce em sua mente uma concepção bastante racional, uma idéia que surgira pela primeira vez quando tinha dez anos e viu o pai surrar a mãe pela primeira vez. Se a morte de seu pai foi o início de uma vida melhor para ele e a mãe, algo deve ser feito para melhorar a vida de Marina.

Doze

Três dias depois do incidente, Marina já não tem mais o olho esquerdo coberto com a gaze, nem as escoriações que apareceram logo depois do primeiro golpe. Sob promessa de que ele será discreto e se comportará como se tivesse acreditado na versão oficial sobre o episódio da gaze, ela o convida para jantar em sua casa. O convite é imediatamente aceito e confirmado com um abraço entre os dois; eles já sonha com o estreitamento dos laços familiares com aquela que é e sempre será a mulher de sua vida. O jantar é daqui a três dias, mas começa a planejar sua expressão de garoto bem educado um dia antes, na frente do espelho. "Boa noite, como vai o senhor?", pergunta a si mesmo. "O senhor está falando comigo?" Quer causar boa impressão, tem medo de não controlar os instintos e atacar o homem que feriu sua namorada antes mesmo da sobremesa.

Está nervoso desde o momento em que entra no carro da mãe, que gentilmente se dispõe a levá-lo de porta a porta, para que o filho não suje a camisa nova no banco de algum transporte público. Veste uma calça que também nunca foi usada, desconfia que é uma roupa do pai que a mãe reformou copiando uma revista de moda masculina encontrada sobre a cama dela. Sabe que está bonito, embora não diga nada à mãe. Pelo menos é isso o que mostrou o espelho do banheiro, três minutos antes de ele sentar-se no banco do passageiro, onde está agora.

"Como você está chique, meu filho! Esta calça ficou muito boa, caiu perfeita no seu corpo. Você está lindo, só acho que esse namoro está ficando um pouquinho sério demais para o meu gosto."

A mãe não combina com este tipo de humor, não tem intimidade com as expressões típicas de quem é feliz. Ele também não sabe por que a mãe está maquiada, já que o convite foi feito apenas a ele e não há a menor chance dela ser convidada a entrar.

"Mãe, gosto muito da Marina. Tomara que tudo dê certo hoje à noite. Você acha que a família dela vai gostar de mim?"

A mãe pensa em chorar ao ouvir a insegurança do filho, mas segura as lágrimas prendendo a respiração e engolindo em seco com força. "Ele tem que ser feliz", pensa. "Ele tem que ser feliz como ninguém desta família jamais foi."

"Vai ser ótimo, filho, você vai ver. Quem seria louco de não gostar de um garoto lindo como você? A mãe vai te adorar e o pai de Marina vai virar seu melhor amigo."

Ele sabe que isso não vai acontecer, mas não importa. Quer ver a mãe satisfeita, quer que ela pense que seu filho pode ser, e será, alguém na vida. Alguém normal, como nos filmes, onde genro e sogro vão pescar sozinhos e falar sobre o tempo, enquanto as mulheres em casa elogiam e reclamam de seus homens.

"O pai dela deve ser um homem muito bom. Você vai ver. Vocês vão se dar muito bem. É impossível não gostar de um garoto legal como você, meu filho."

A mãe pára na frente da casa, um sobrado simples pintado de um tom de verde forte demais, talvez para parecer mais moderno do que realmente é. A mãe de Marina abre a porta, e a outra mãe presente na cena, dentro do carro, aproveita para buzinar indicando que o filho está entregue à outra mulher, um sinal sonoro simples que indica que a família que mora na casa verde será responsável pelo garoto durantes as próximas duas horas e meia. A mãe de Marina acena e sorri, aceitando com o gesto a incumbência e a responsabilidade que vem com ela. As duas mulheres trocam olhares cúmplices de longe, é para isso que a mãe dele havia se maquiado.

O pai de Marina é baixo e não parece muito forte. Após um olhar mais esmiuçado, vê que na verdade é bastante magro, e esconde atrás dos velhos óculos olheiras amareladas por insônias e fumaça de cigarro. O velho diz 'boa noite' e estende a mão, crente que o ingênuo garoto de olhos tímidos nada sabe sobre o episódio que deixou marcas no rosto da filha. O aperto de mão se transforma em um abraço tímido e um leve tapinha nas costas, desses que pessoas fracas dão em inimigos poderosos. Qual dos dois é o fraco e qual é o poderoso é algo que não fica claro, embora a tendência seja conferir ao mais velho um status mais alto na hierarquia social daquela noite.

O pai de Marina veste uma camisa azul-claro e uma calça marrom comuns, como o homem comum que é. Os dois homens sentam-se no sofá, enquanto as mulheres providenciam os últimos detalhes na cozinha. É assim há séculos e assim será durante muito tempo. A TV está ligada em um jogo de futebol, mas nenhum dos dois homens torce por qualquer um dos times.

Imediatamente, no entanto, são hipnotizados pela luz e pelo som que vêm daquela caixa fantástica, um abençoado invento que gera assuntos e preenchem as conversas de pessoas que não têm nada a dizer umas às outras.

Assiste ao jogo de futebol com um olho e espia o futuro sogro com o outro. Volta a pensar na idéia que vem se tornando cada vez mais recorrente, a que diz que, para melhorar o mundo, é necessário punir filhos da puta como o que está sentado ao seu lado. O pai de Marina é um caso clássico, assim como o seu próprio pai também era. Um dos dois, o seu, recebeu o que merecia de um bando de estranhos em um boteco cheirando a álcool e ao feltro velho da mesa de sinuca. O outro pai, o dela, ainda está impune, posando de imperador da classe média, delegando tarefas à esposa submissa e à filha humilhada. Mas essa situação talvez não dure muito tempo.

Na TV, um dos jogadores cai dentro da área, e ele leva um susto quando o pai de Marina pula da poltrona e grita 'pênalti', com um entusiasmo que levaria um estranho a crer que o time dele está em campo disputando uma final de campeonato. Mas não é nada disso. O pai de Marina é um homem comum, e como tal desempenha o papel de um homem comum diante de uma partida de futebol: escolhe um time qualquer para torcer durante os noventa minutos, quer ver gols, quer ver a disputa entre duas tribos de homens.

O jogador chuta e marca um gol, arrancando um empate do time adversário. Agora cada um dos times tem dois gols a favor e, ao mesmo tempo, dois gols contra, uma equação que resultaria em algo equivalente a um placar de nada para um time e igualmente zero para o outro. O empate, no futebol, é como o relacionamento de amantes que não se tocam, como irmãos que não se dão, como a igualdade que a humanidade fora de campo nunca atingirá. É um resultado frustrante como descobrir que o melhor romance do mundo está guardado a vácuo em uma embalagem de plástico no fundo do oceano.

Gol. O pai de Marina comemora o apático resultado como se o fato fosse mudar de alguma forma sua vida; como se um jogo de futebol, ou qualquer outro esporte praticado no mundo, provocasse a mais singela reação em qualquer indivíduo que não apenas aquele que participa do momento, o esportista que empresta o corpo à emoção das massas. Afogado nesse pensamento crítico em relação ao fanatismo no esporte, mas realista em relação a quem está apenas participando de maneira passiva do espetáculo, emerge do transe para imaginar o quanto o pai de Marina gritaria se seu time de coração estivesse em campo. Lembra-se que o homem que comemora o gol é o mesmo que o cumprimentou com um abraço fingido e um tapinha protocolar nas costas. E é o mesmo que espanca a filha em noites banais.

O jogo termina empatado, para decepção do pai de Marina, no mesmo minuto em que as mulheres informam que o jantar está pronto para ser servido. Os quatro sentam-se à mesa e Marina olha fundo em seus olhos, o olhar cúmplice de quem ama e não pode dizer isso em voz alta, pelo menos não durante as próximas duas horas e meia. O pai tira os óculos, fecha os olhos e abaixa a cabeça, sinalizando que Deus está sendo convocado das alturas do céu para abençoar a refeição e seus quatro filhos, o forte garoto órfão de pai, a mulher bonita mas débil e medrosa, a bela garota de cabelos loiros parecida fisicamente com a mãe e o homem envelhecido e irritado que se torna violento quando contrariado.

Amém. O jantar começa: uma colher de arroz para cá, uma concha de feijão para lá. Pedaços de carne bem passados e sem gosto viajam da travessa de aço inox até cada um dos pratos. Eles descansarão em trincheiras de batatas fritas até serem devorados inteiramente, até mesmo os pedaços mais escuros que comprovam que a carne ficou tempo demais no forno.

Marina puxa uma conversa e passa a palavra para a mãe, mulher com talento especial para pegar carona nos mais diversos assuntos, porém sem criatividade para iniciar um diálogo a partir do zero. Ele come olhando para o prato, mas levanta de vez em quando os olhos para observar o inimigo, o jeito nojento com que funga o nariz e bebe refrigerante antes de enfiar novamente o garfo na boca. Em duas ocasiões o homem interrompe a filha, mas apenas para pedir que lhe passe o azeite e a Coca-Cola, cuja garrafa gelada transpira e pinga na toalha de mesa. Este homem é um covarde, pensa o jovem convidado, um pobre desgraçado que será facilmente derrotado.

"E a escola, está tudo bem?"

O pai dirige a pergunta a ele de forma vaga, sem olhá-lo nos olhos nem esboçar interesse em ouvir a resposta. É uma tentativa falsa e previsível de aproximação, apoiada pelo sorriso cúmplice da mãe.

"Está tudo bem, sim. Não sou um aluno tão bom quanto a Marina, mas acho que estou indo bem, pelo menos nas matérias de que gosto. Sabe, é difícil prestar atenção em assuntos com os quais a gente não tem afinidade."

"Bem, isso é verdade", completa a mãe de Marina. "Na minha época era diferente, a gente tinha que gostar de tudo, ou pelo menos fingir que gostava... De quais matérias você mais gosta?"

"Gosto um pouco de história, acho interessante entender por que as coisas são como são, como o mundo ficou assim.

Eu odiava geografia, mas acho que era por causa de uma professora antiga que não gostava de mim. Eu não entendia o que ela falava, sua voz era muito estranha. Hoje acho legal saber onde ficam os países, quais são as capitais."

"Parabéns, querido. Continue sempre assim. Daqui a pouco você vai se apaixonar por um desses assuntos e vai descobrir sua vocação."

"E o que você vai ser quando crescer, garoto?"

O tom do pai desta vez é ligeiramente agressivo e tem como objetivo mostrar quem é o macho alfa do grupo. Grandes primatas geralmente lutam entre si por duas razões: direitos territoriais ou domínio na hierarquia social. Aquele inofensivo jantar envolvia um pouco dos dois elementos. A estratégia do pai, no entanto, funciona ao contrário e provoca risos, pois sua voz traz consigo um tom tão caricato que não é levado a sério por nenhum dos outros três integrantes da mesa. Mais ou menos como se o roteiro aprendido há séculos fosse repetido de maneira anacrônica, um fóssil descoberto no estacionamento de um *shopping center*.

O pai também ri para não parecer que perdeu o *round*, mas mantém os olhos fixos no adolescente à espera de uma resposta objetiva. Os poucos segundos entre o fim dos sorrisos e a resposta quebram a atmosfera leve e o força a se posicionar para definir para onde a conversa seguiria a partir dali.

"Puxa, não sei. Ainda não tenho certeza quanto à profissão. Cheguei a pensar em ser médico, mas não sei se agüentaria ver sangue todos os dias. Tem muita coisa que eu gostaria de fazer, alguma coisa que me desse bastante dinheiro e me permitisse viajar bastante, conhecer o mundo. Não quero ser milionário, deve dar muito trabalho e muita preocupação. Só quero ter o suficiente para viver uma vida legal."

A resposta é desinteressante e vaga, mas também é justo mencionar que está à altura do clichê apresentado na pergunta e adequada à faixa etária de quem a formulou. Todos os adolescentes do mundo sonham em ganhar dinheiro e viajar por aí, de preferência sem trabalho duro e preocupação. O que seria inédito e mais verdadeiro, porém, seria o garoto jogar os talheres em cima do prato e confessar que desde os dez anos de idade sonha em ingressar na polícia para matar filhos da puta que surram as próprias famílias.

O jantar termina com quatro pudins de leite, três cafés – a mãe de Marina é alérgica à cafeína – e uma conversa paralela entre ele e Marina sobre os defeitos e eventuais qualidades dos professores que serão obrigados a encontrar no dia seguinte. O pai já está cansado de ser educado, não agüenta mais aquela conversa à mesa. Ele agradece o jantar e cumprimenta o pai de Marina, que retribui com um 'tchau, garoto' e um afago de desprezo que despenteia seu cabelo e reforça o fato de que ele ainda é uma criança. Abraça a mãe de Marina e encosta o rosto no rosto dela, simulando um beijo invisível com um estalo de lábios no ar. Ela lhe oferece uma carona, que é recusada em nome da boa digestão e do 'não quero incomodar'. Pode voltar caminhando: a mãe que insistira para que fosse de carro e chegasse à casa da namorada com a roupa impecável não está ali. Marina o acompanha até a porta, onde um rápido beijo na boca sela o fim da noite. Deu tudo certo. Combinam de se encontrar na manhã seguinte, no horário de sempre, em frente ao portão da escola.

A pé, no caminho para casa, começa a planejar a morte do homem que costuma bater em sua namorada. Tem que atraí-lo para um local seguro, algum ponto da cidade onde não correrá o risco de ser visto. Quer eliminá-lo, mas não quer acabar na prisão. O ideal, talvez, seria levá-lo até um lugar afastado, mas para isso precisaria roubar um carro. "Ou usar o próprio carro da vítima", conclui. A mãe o espera na porta de casa, exatamente meia hora depois do horário combinado; ele sorri e afasta a violenta idéia da cabeça, pelo menos até o próximo momento em que estiver sozinho.

O que não demora muito, já que, poucos minutos depois, está deitado, ainda excitado pela noite e pelas idéias que começam a se formar. Olha para o teto e mantém as mãos entrelaçadas sobre o peito, exatamente na posição que um cadáver ocupa no caixão antes de começar a desaparecer debaixo das primeiras pás de terra. Decide que a melhor maneira de matar o pai de Marina é esperá-lo de tocaia pela manhã, na hora em que sair para o trabalho. Entrará pelo portão da garagem que sempre fica destrancado, assim como a maioria dos portões de garagens das casas situadas em cidades pequenas, (aparentemente) imunes à violência urbana. Não quer esfaqueá-lo porque acha que isso espalhará muito sangue; prefere escolher um pedaço de pau ou outro objeto pesado para golpeá-lo na cabeça. Ao tentar imaginar onde conseguir um porrete pesado o suficiente para matar um homem; lembra do pai consertando o armário do quarto com um velho martelo com um longo cabo de madeira e uma cabeça de ferro pintada de preto. É isso: o martelo é o instrumento perfeito para punir um filho da puta. Acertará a cabeça do pai de Marina com um ou dois golpes e o colocará no banco do carro. Sairá, então, dirigindo o carro da vítima em direção ao lago, onde o estacionará e aplicará os golpes definitivos, quantos fossem necessários até que seu corpo parasse de respirar. A arma com que fará justiça, o martelo, certamente ainda está na caixa de ferramentas abandonada na garagem, local da casa praticamente intocado desde que um telefonema acordou a mãe no meio da noite para dizer que seu marido havia sido assassinado.

Possível obstáculo ao plano: se o pai de Marina fosse acompanhado até o carro pela mulher; ela poderia vê-lo escondido na garagem assim que o carro saísse. Mas a mãe de Marina não parece ser uma mulher que acompanha o marido até a porta do carro e acena sorrindo até que ele ligue o motor e responda ao aceno com um leve toque de buzina. Há um outro perigo, o de ser visto dirigindo o carro do futuro sogro pouco antes do horário em que deveria estar na escola. Mas isso tampouco o preocupa, já que o pai de Marina sai para o trabalho muito cedo, horário em que há pouca gente ou ninguém na rua. Sabe disso porque Marina, sem saber o valor da informação que divulgava, narrara uma vez com detalhes o tedioso cotidiano das manhãs em família. Terá, portanto, tempo suficiente para fazer o que tem que ser feito e ainda chegará na escola no horário combinado, criando um álibi consistente e sustentável. Está excitado e percebe que não há motivo para esperar. Se algum diálogo polêmico tivesse ocorrido durante o jantar, teria que adiar o plano para não despertar qualquer tipo de suspeita. Mas como tudo tinha corrido às mil maravilhas, nada impedia que o assassinato do pai de Marina acontecesse já na manhã seguinte.

Treze

Está há tanto tempo na mesma posição que os braços formigam quando se levanta para acender o abajur e acertar o relógio para despertar às cinco da manhã. Precisa estar na garagem de Marina às cinco e meia, horário em que o pai sai para o escritório do outro lado da pequena cidade. Dorme mais facilmente do que imaginara, talvez porque não se considera culpado do crime que está prestes a cometer.

Acorda bem disposto e se veste em silêncio. Retira o martelo da empoeirada caixa de ferramentas escondida na garagem e o coloca na mochila da escola. Leva também panos de chão, detergente, sacos de lixo, um par de luvas de borracha que o pai costumava usar para mexer no problemático motor do carro da família e uma camiseta extra para o caso do sangue respingar no momento do golpe. Como acontece todos os dias, a mãe acordará três horas depois e nem desconfiará que ele havia saído de casa tão cedo.

Abre a porta de casa em silêncio, confere se não há ninguém na rua. Não há. A noite reluta em ir embora, o sol ainda não abriu os olhos. Caminha com rapidez, minutos depois já avista a entrada da casa onde beijou Marina rapidamente na noite anterior. Levanta o portão devagar, apenas o suficiente para rolar o corpo para dentro da garagem. Escolhe um lugar escuro atrás do carro, escondido da visão do homem que em breve sairá para o trabalho. Veste as luvas de borracha, elas têm o mesmo cheiro que o preservativo que Marcos Roberto levou uma vez para a escola e exibiu aos colegas, havia muito tempo. Agacha-se em posição para o bote e ouve o coração bater rápido e dar forças para o que está prestes a fazer. O martelo não está mais na mochila, mas empunhado por sua grande e firme mão direita. Tudo acontece exatamente como havia planejado horas antes, quando estava deitado com as mãos entrelaçadas em posição de defunto. "Amanhã serão as mãos dele que estarão juntas sobre o corpo", pensa.

Às seis horas e cinco minutos, o pai de Marina tranca a porta de casa e caminha até a entrada da garagem esfregando os olhos, um zumbi com uma gravata mal escolhida. Abre o portão com força, e o movimento das roldanas enferrujadas acordando produz um barulho agudo e incômodo. Como em todas as manhãs, o pai de Marina se lembra de que precisa colocar óleo naquele portão, sem saber que é a última vez que vai se preocupar com isso.

A rua continua deserta, mas o sol timidamente já começa a mostrar sua força. Quando o pai de Marina caminha tranqüilamente para abrir a porta do carro, é golpeado violentamente por um martelo empunhado pela mão direita do namorado da filha. O movimento descendente da ferramenta transformada em arma desenha um arco no ar e atinge a nuca do homem, fazendo-o perder os sentidos imediatamente. As chaves do carro caem no chão e são alcançadas pela outra mão, a que não é assassina. O mesmo garoto que jantara na sala a poucos metros dali algumas horas antes agora gira a chave no contato e liga o carro. Ele levanta o corpo inerte com certa dificuldade, mas seu físico privilegiado permite que o homem desacordado seja colocado delicadamente no banco de trás, como o plano previra. Os dois homens, vítima e jovem carrasco, saem da garagem e alcançam a rua que continua deserta, sem a preocupação de fechar o portão, como fazia todos os dias o homem quase morto que jaz no banco traseiro.

Dirige em direção ao lago, um bolsão d'água guardado por traíras e pintados e esquecido no meio do parque da cidade em meio a árvores centenárias e pássaros urbanos. Começam a aparecer na rua os primeiros sonolentos transeuntes, mas ninguém tem a mais leve curiosidade de saber quem está dirigindo aquele carro – deve ser o baixinho magro de olheiras de sempre a caminho do trabalho.

Ao chegar perto do lago, desliga o motor. Desce e olha em volta: é preciso ter certeza de que não há ninguém fazendo ginástica, nem algum casal apaixonado sem dinheiro suficiente para esfregar os corpos em uma cama decente. O silêncio só é levemente quebrado pelo vento que incomoda o descanso das folhas nas árvores e pelos pássaros que comemoram e avisam uns aos outros da chegada do sol.

Sai do carro. Abre a porta de trás e vê que o pai de Marina está deitado numa poça de sangue, que pinga no assoalho do carro e já começa a se tornar sólido. O homem já parece morto, mas é preciso ter certeza. Golpeia-o, novamente, sete ou oito vezes, na cabeça e no peito. Estica o braço para manter a maior distância possível do morto e evitar que gotas de sangue espirrem em sua calça. As manchas que sujam sua camiseta não lhe incomodam, é exatamente para isso que veio com uma camiseta extra e trouxe os sacos de lixo. Limpa o cabo de madeira do martelo com os panos de chão, tira as luvas e troca de camiseta. Tudo o que o liga ao crime está dentro daquele saco de lixo, enrolado e enfiado na mochila. Nem precisou usar o detergente.

Sai a pé pelo parque, mochila nas costas e mãos nos bolsos como qualquer garoto a caminho da escola. O saco de lixo será jogado no depósito da cidade depois da aula, onde se misturará às centenas de sacos de lixo incinerados todos os dias. Consegue chegar à escola no horário programado: Marina, sorrindo, o espera no local combinado. Os dois se beijam, entram na classe e esperam a aula de biologia.

Catorze

Ama Marina, e por isso fez o que fez. Para o bem dela. Para o bem do mundo. Não admite que ela venha a sofrer novamente, noite após noite, como ele mesmo sofreu, com o barulho de lentos saltos altos na escada de uma mãe marcada pela apatia e pela mão violenta do marido. Como acontece com tantas mulheres, em todos os lugares, em todas as épocas.

Na escola, aquele é apenas mais um dia igual aos outros. A única diferença é que se sente impressionado com a autoconfiança e a calma que consegue demonstrar, talvez porque está completamente certo de que cometera um ato bom e louvável. Mais um ser humano ruim que deixara de prejudicar os outros. Embora cruel, a idéia lhe parece justa. Acredita que a moral dos homens é um fator abstrato: o que determina se um ato é justo ou não é a conseqüência que ele terá para os envolvidos. E a conseqüência, aqui, é positiva: impedir a namorada de sofrer com a violência do pai.

Passa o dia ao lado de Marina. Tem medo de demonstrar eventuais sinais de fraqueza, mas aos poucos as imagens do que acontecera pela manhã, que vêm e voltam, vão diminuindo, diminuindo, até virarem apenas um *flashback* que poderia ou não ter acontecido. O pai de Marina, em pouco tempo, seria encontrado por um pescador matutino ou um esportista em busca de sua dose diária de endorfina. Não se abalaria nem mais nem menos do que era esperado dele. Não havia razões para ser associado de nenhuma forma suspeita à família de Marina e ao crime – muito menos pela razão verdadeira.

O último sinal toca. Acompanha Marina até a saída e de lá andam juntos até a casa dela, conversando sobre professores e o jantar da noite anterior. Dois carros de polícia estão estacionados na porta, com luzes vermelhas piscando mas sem nenhum som de sirene. Marina vê os carros e não entende o que estão fazendo lá, não acredita que estão na frente de sua casa. Corre até a entrada e fica aliviada ao ver a mãe sentada no sofá sem os olhos roxos, e por isso não entende por que ela chora. Ele vai atrás da namorada e também entra na casa, fingindo não saber o que está acontecendo. Tudo continua exatamente igual à noite anterior, com exceção da luz que entra pelas janelas, modificando as cores e o tom da toalha verde ainda sobre a mesa.

O primeiro a interromper as sirenes com palavras é o policial de bigode branco, que aparenta ser o mais velho entre os homens uniformizados. Seu nome é Domingos Mourão e é um homem educado e bastante direto. Sem rodeios, diz que aconteceu uma tragédia na família; que o pai dela foi encontrado sem vida dentro do próprio carro nos arredores da cidade, mais precisamente à beira do lago do parque. Domingos Mourão aguarda a comoção já esperada, item sobre o qual os manuais que estudou na Academia descrevem como "um momento para que os familiares absorvam a notícia". Emenda então uma série de perguntas sobre possíveis inimigos da vítima ou problemas no trabalho, já que nada foi roubado e o carro continua intacto, sem sinais exteriores de arrombamento ou furto de peças que poderiam ser revendidas no mercado negro.

A família está surpresa. A mãe não consegue pensar em inimigos, acabaram de se mudar para a cidade e "o marido era um homem de bem". Chora muito e começa a aceitar a idéia de que trata-se de mais um caso de violência urbana, de certa forma um sinal de que a pequena cidade está se parecendo cada vez mais com as metrópoles onde ninguém está a salvo, nem homens bons como aquele com quem era casada havia dezenove anos.

Marina entra em choque, se joga no sofá e mal consegue levantar a cabeça do colo da recém-viúva. O policial surpreende a família ao perguntar se o marido tinha algum tipo de seguro de vida, uma hipoteca vencida, uma dívida de jogo. Não, não, o marido não jogava, não era desses, nem sequer tinha desafetos no trabalho, como poderiam imaginar isso? O policial espera um pouco mais, trabalha naquela cidade há mais de vinte anos e nunca ouviu falar de um assassinato sem motivo. Os poucos crimes que acontecem ali são óbvios e sempre causados por assaltantes incompetentes ou brigas idiotas, como acontecera com o pai do próprio garoto que estava ali. As duas últimas perguntas, se a mulher sofria algum tipo de violência em casa ou se tinha conhecimento de alguma relação extraconjugal do marido, não são feitas. Podem ser deixadas para depois, durante o depoimento formal na delegacia. Domingos

Mourão nem desconfia, mas o assassino está ao seu lado, parado no canto da sala.

"Oi, garoto. O que você está fazendo aqui?"

"Boa tarde, seu Domingos. Sou namorado da Marina."

"Sei. Conhecia a vítima?"

"Conheci o pai dela ontem à noite, eles me convidaram para jantar aqui. O pai dela parecia ser um cara muito legal, nos demos muito bem. Até assistimos a um jogo de futebol, não sei como alguém teria coragem de fazer uma coisa dessas."

O assassino também chora, não sabe bem por quê. Está nervoso e confuso. Tem vontade de abraçar Marina, mas ela ainda não conseguiu levantar a cabeça para olhá-lo nos olhos. Não quer vê-la triste nem por um segundo, mas acredita que a consternação do momento será recompensada no futuro com uma vida inteira pela frente. Livre.

Quinze

Marina não vai à escola no dia seguinte, nem nos cinco dias seguintes. Sabe que ela está sofrendo, mas também tem certeza de que tudo vai melhorar quando se acostumar à idéia de que não será mais agredida pelo monstro que agora descansa no cemitério da cidade, por uma irônica coincidência, a poucos metros do pai dele.
Três noites depois, o assassino do pai de Marina não agüenta mais ficar em casa e resolve sair sozinho para dar uma volta. Não tem amigos e não sabe o que fazer sem a namorada, então anda sem rumo pelo bairro. Perto de sua casa, bem na esquina, há um bar. Sem imaginar um lugar melhor para ir, entra com a esperança obviamente frustrada de encontrar algum conhecido. O bar da esquina não tem nenhum charme, e é mais conhecido por suas mesas de bilhar de feltro vermelho do que pelas garçonetes decadentes e seus serviços de segunda.
Cumprimenta o segurança sem intimidade, empurra a porta giratória e atravessa a nuvem de fumaça que flutua no

ar espesso, chegando a um corredor de teto baixo que termina no balcão. O barulho das bolas de bilhar se chocando umas contra as outras fica mais alto à medida que se aproxima dos fundos do bar, do outro lado de uma pequena sala escura onde fica a *jukebox*. As luzes da velha máquina ainda funcionam, mas o som que se espalha pelo ambiente não sai realmente de lá, mas de um pequeno aparelho moderno instalado em meio à prateleira das bebidas. Dentro do bar a realidade segue a cronologia de um universo paralelo, como se o dono do estabelecimento tivesse dado um nó na linha do tempo. Ali o mundo ainda vive em plenos anos 70, com barbudos de bonés e coletes *jeans* conversando sobre mulheres, motos e *rock and roll*. Olha para as mesas à procura de algum rosto qualquer que lhe corresponda com um sorriso de reconhecimento, mas não encontra nenhum vestígio de familiaridade e caminha de volta até o balcão. É no balcão que se sentam os solitários, diz um ditado não escrito escondido atrás de todas as paredes de todos os bares do mundo. Não sabe por que está ali; não tem nada a ver com aquele local. No entanto, como já entrou, escolhe um dos banquinhos e decide pedir uma cerveja. Ninguém questiona sua idade, dezessete anos, é um garoto alto e sabe se comportar como um homem. É atendido por uma mulher de cinqüenta e dois anos que, se pudesse, pararia a rotação da Terra anos atrás para permanecer para sempre com trinta e quatro. Tem cabelos armados com laquê, duros, sem vida, e suas olheiras parecem ser ainda mais velhas que ela. A garçonete enrola a cerveja em um guardanapo de papel e a abandona no balcão, sem olhar para ele. Não está acostumado a fumar, mas pede um cigarro ao homem mais próximo, um senhor de sessenta e dois anos que também não tem nada a ver com aquele lugar.

O homem tem o olhar fixo no copo de *whisky* com gelo e parece ter acordado com o pedido. Retira o maço do bolso da camisa lentamente e o entrega sem vontade e sem qualquer intenção de acendê-lo. Percebendo a movimentação dos dois solitários, velho e garoto, a garçonete de olheiras estica o braço e oferece o isqueiro, mais por inércia do que por gentileza.

Ao ver que o senhor de sessenta e dois anos está visivelmente deprimido, sente pena e aproxima o seu banquinho. Não costuma puxar conversa com estranhos, mas até aí... também não é de freqüentar bares.

"E aí, amigo? Tudo bem com o senhor?"

"Nada de mais, só um dia daqueles. Obrigado por perguntar."

"O senhor aceita uma cerveja?"

"Não, obrigado. Acho que vou ficar no *whisky*, mesmo."

"O senhor é que está certo. Demora muito para ficar bêbado tomando apenas cerveja."

"Acertou em cheio. De um jovem simpático como você eu até aceitaria uma bebida mais fraca, mas tenho razões de sobra para tomar todas hoje."

"É, todos nós temos... só que em dias diferentes. Se o senhor não se incomoda, vou acompanhá-lo e pedir um *whisky* para mim."

"Faça o que achar melhor, garoto. Mas aposto que hoje à noite eu tenho mais motivos para encher a cara do que qualquer um dos fracassados dessa merda de bar."

"Olha, me desculpa, não quis ofender. Se o senhor quiser ficar sozinho com seus problemas, eu vou entender. É que também estou sozinho e resolvi puxar um papo."

"Não é isso, não. Me desculpa, garoto. Estou meio nervoso porque hoje foi um dia difícil. Quer ouvir a história de um desgraçado? Porque é isso que eu sou, um desgraçado com uma história triste para contar."

"O que é isso, o senhor não precisa falar assim... mas se quiser conversar, se abrir com alguém sobre o que está te incomodando..."

"Eu tenho uma neta que é a coisa mais linda do mundo. Ela tem sete anos e quer ser cantora, você acredita? Fica vendo clipes na TV e começa a cantar e dançar na sala. Ser avô é a melhor sensação do mundo."

"Deve ser uma menina linda."

"Ela mora comigo porque minha filha e o marido morreram em um acidente de carro. É uma história trágica, eu sei, mas já faz muitos anos. Ainda choro quando lembro dela, mas hoje já consigo falar sobre o assunto sem ficar com os olhos molhados. Mas a verdade é que sou muito sozinho, tenho que fazer um esforço danado para pagar a empregada, levar minha neta para a creche todos os dias... Você precisa ver como ela me adora, é como se eu fosse um paizão para ela."

"Está vendo? As coisas não estão tão ruins assim. Quantos homens na sua idade não adorariam ter uma neta linda para educar e tomar conta? A gente tem sempre que ver o lado mais positivo das coisas."

"Ah, é? Então pode se preparar porque a história começa agora. Eu trabalho, ou melhor, trabalhava, em uma empresa de informática, dessas de alta tecnologia. Uma das melhores do país, posso dizer com segurança. De uns tempos para cá, comecei a ter problemas com meu chefe. Ele é uns trinta anos mais jovem que eu, mas não é por isso que a gente não se bicava. Não tenho nada contra essa garotada que está chegando com força, acaba trazendo uma juventude para a gente também. Gosto de aprender coisas novas, isso é muito comum na minha profissão e nesse ramo profissional. Mas esse meu chefe é uma pessoa do mal. Sabe o que o filho da puta costuma fazer? Quer dizer, o que ele costumava fazer? Quando acontecia um problema com o meu trabalho, ele não mandava a secretária me chamar para uma conversa a sós. Ele fazia questão de ir até a minha mesa para me xingar e gritar comigo. Sabe por quê? Para todo mundo ver. Para meus colegas verem como ele era poderoso, como podia me humilhar na hora em que quisesse. Ele me chamava de estúpido, dizia que eu não tinha capacidade para trabalhar naquela empresa, coisas assim. Só que hoje de manhã eu não agüentei mais a provocação."

"O que você fez?"

"Meu chefe veio até a minha mesa, bem no meio do escritório, e começou a ler o trecho de um documento que eu havia apresentado uns dias antes. Aí ele passou a fazer piadinhas e rir alto do meu trabalho. O relatório realmente não estava muito bom, mas o filho da puta não precisava ter feito aquilo. Meus colegas até que foram muito corretos, dava para ver que estavam constrangidos com o desrespeito do chefe comigo. Eu tenho sessenta e dois anos, porra! Quando acabou de ler, meu chefe rasgou o documento e jogou os pedacinhos em cima da minha mesa. Aí eu não tive opção: empurrei o desgraçado no chão e pedi para ele me deixar em paz."

"Bem feito para o filho da puta. O desgraçado mereceu."

"Mereceu mesmo. Mas sabe o que aconteceu depois disso? Ele levantou do chão, arrumou o terno e a gravata e saiu dando risadas. Cinco minutos depois a secretária me chamou e falou que eu ia ter que conversar com alguém da área de recursos humanos da empresa. Você acredita? Ele me demitiu na mesma hora! Acho que estava torcendo por isso, entende? E deu um jeito de garantir que eu fosse despedido por justa causa. Resultado: vou para casa sem um tostão. E ainda posso ser processado por agressão, sei lá. Agora estou aqui sentado, conversando com você, mas na verdade estou pensando como é que eu vou fazer para pagar a escola da minha neta, como poderei garantir o futuro dela se acontecer alguma emergência, vou ter que dispensar a empregada... E quem vai dar emprego para um velho como eu? Hoje, qualquer computador de merda faz tudo o que eu faço, muito melhor e mais rápido."

Ele olha para o senhor desolado, quase chorando, e sente ódio. Um homem não merece isso, tornar-se um ser humano humilhado. Tem certeza de que está diante de um homem de bem, prejudicado por um ódio gratuito e irracional. O mundo não é justo, mas pode pelo menos ser melhorado. A idéia fixa volta à sua cabeça com força, exatamente como acontecera quando Marina lhe contou que o pai era o responsável por seu olho roxo.

"Como é o nome do seu ex-chefe?"

"O nome do desgraçado? Por que você quer saber?"

"Sei lá, curiosidade. Fiquei com raiva da história, só quero saber para ajudar o senhor a xingá-lo."

"Mascarenhas. Augusto Mascarenhas."

Augusto Mascarenhas, trinta e poucos anos, diretor de uma empresa de informática. Não seria difícil descobrir mais informações sobre ele, se fosse necessário. Mas necessário para quê? Ainda não sabe a resposta, está confuso. Talvez este seja mais um caso de homem que não merece viver. Por que Augusto Mascarenhas merece viver, para humilhar um homem que tem idade para ser seu pai? Para rir às custas de gente que provavelmente não recebeu o mesmo tipo de educação de alto nível? Os olhos do senhor de sessenta e dois anos não estão apenas amarelados pela bebida; apresentam tons vermelhos de vergonha e fúria. As lágrimas contidas são mais de revolta e preocupação com o futuro incerto do que de tristeza. Não importa que este senhor sentado ao seu lado no balcão do bar da esquina é um desconhecido bêbado e melancólico. Ele e a neta merecem ser vingados.

Dezesseis

Acorda cedo e toma o café da manhã com a mãe. Ela está sonolenta e tem ainda marcas do travesseiro nos veios do rosto. Deve ter tomado um remédio forte para dormir, ele pensa, há uma caixa de comprimidos tarja-preta no criado-mudo ao lado da cama dela. Fica triste porque não entende do que ela foge, não sabe do que se refugia durante as muitas horas diárias de sono. Levanta-se, beija a mãe no rosto e a abraça, na metade do café. Ela ainda está praticamente inconsciente, mas desperta surpreendida com a textura familiar do pescoço do filho e o cheiro que não mudou desde que ele era um garoto. Os dois ficam abraçados por alguns segundos, tempo suficiente para que suas mentes passeiem por diversos cenários. Ele lembra de Marina, tem *flashbacks* com o rosto ensangüentado do pai dela no banco de trás do carro, imagina ali o rosto de seu próprio pai. A mãe se recorda do mesmo homem, o marido, morto, numa cena muito clara que sempre lhe vem à mente: o rosto de felicidade com que aquele homem segura o filho recém-nascido na maternidade. Está vestido com uma calça *jeans* escura e camisa vinho de gola amassada e mangas curtas. Logo depois do parto, embriagada pela dor, a mãe ainda não enxerga o que está a sua volta com clareza, só dá graças a Deus por estar casada com o homem mais feliz do mundo. Volta à realidade e acha engraçado que, depois de tantos anos de relacionamento, o que sobra mesmo são poucas imagens, pouquíssimas, selecionadas a dedo por alguma parte da memória para ressuscitar no coração de vez em quando, em determinados momentos do dia-a-dia. O abraço sincero do filho durante um café da manhã era um deles. Ela o beija na cabeça e respira fundo.

Mãe e filho se separam devagar, mas seus olhos não se cruzam enquanto se afastam. Não, não sentem vergonha de se amar, não é isso. O que acontece é que não há nada a dizer naquele momento, nada que não tenha sido dito com o cheio e o calor dos corpos. A mãe sobe as escadas, talvez até volte para a cama e tente retomar o recorrente sonho com o marido morto. O filho vai para a sala e liga a TV, ainda tem um bom tempo antes de ir para a escola. Assiste a alguns desenhos antigos (são os mesmos que via quando era criança) até que se levanta, vai até o armário da cozinha. É lá que está guardado o livro magro e amarelado com informações sobre os endereços e telefones dos moradores de toda a região.

Lista telefônica. Letra M, de Mascarenhas. Pronto. A, de Augusto. Aqui. O endereço do único Augusto Mascarenhas impresso na página amarela não fica longe dali – nada é longe em uma cidade pequena. O empresário mora em uma rua elegante reservada apenas para os cidadãos bem-sucedidos. Não será nenhum problema passar pelo local a caminho da escola, um desvio impossível de ser detectado por quem quer que seja e que lhe custará apenas 200 passos e dez minutos do cronograma diário.

E é o que faz na mesma manhã: os 200 e poucos passos o levam até a entrada da residência de Augusto Mascarenhas, uma casa de dois andares em arquitetura neoclássica construída com material caro e mau gosto. A fachada brilha de ostentação, com detalhes dourados em meio a tijolos pintados de branco. No telhado diagonal, uma pequena amostra de bom humor que não combina com o restante da casa: duas pequenas estátuas, um gato correndo atrás de um rato. A brincadeira é herança dos antigos moradores, costuma dizer a senhora Mascarenhas às visitas curiosas. "Tenho pena de tirar", justifica.

Nenhum movimento aparente nas imediações; os bairros elegantes sempre primam pela tranqüilidade. Ele caminha lentamente, mas não ousa chegar tão perto da porta principal. Terá que esperar pelo fim da aula para voltar pelo mesmo caminho e descobrir um pouco mais sobre os hábitos do ex-chefe do triste senhor de sessenta e dois anos, hoje um desempregado que naquele momento, a muitos quarteirões dali (ao contrário do que costuma ironizar o destino), brinca com a neta na frente da televisão. Em cima da mesa de jantar, longe do alcance da pequena garota de sete anos, uma tesoura e um jornal do dia com pequenas janelas recortadas, buracos retangulares que descansam exatamente onde, minutos antes, ofereciam-se empregos na seção de classificados.

Marina não está na escola, ficará vários dias em casa para se recuperar da tragédia familiar. Tragédia aos olhos da justiça dos outros homens, não aos dele. Sem Marina para trocar olhares e bilhetes as aulas passam lentamente, permeadas por cumprimentos de amigos que imaginam o sofrimento por que passa o namorado de uma garota que acaba de perder o pai assassinado. "Não sabemos o que falar neste momento, apenas aceite os nossos pêsames", é o que querem dizer a maioria desses jovens colegas, sem muito talento para comentários mais complexos. Ele finge tristeza, é um ator convincente quando agradece o apoio dos colegas com olhos infelizes e um leve sorriso de compaixão. "É a vida", parece dizer o seu rosto. E então sua expressão volta ao normal e se fecha em uma concha invisível, não para esconder as eventuais lágrimas que não cairão, mas para lembrar que o mundo está um pouco melhor sem aquela gente ruim que morreu sem deixar saudades.

No caminho de volta, vê luzes acesas no segundo andar da casa de Augusto Mascarenhas. Sente que há vida se movimentando atrás das janelas. Aproxima-se mais do portão do jardim, uma pequena tora de madeira trabalhada que não impediria a entrada de um cão de pequeno porte, se este quisesse invadir a propriedade e urinar na fonte desligada no meio do jardim.

Ele, no entanto, não tem que caminhar até a fonte desligada, nem sequer precisa levantar a tranca do portão. Só se aproxima o suficiente para observar um vulto na janela principal, no térreo, um homem ou uma mulher andando de um lado para o outro com uma das mãos desenhando uma conversa no ar e a outra bem perto da cabeça, provavelmente segurando o telefone junto ao ouvido. Antes que possa se mover, percebe que está no campo de visão desta pessoa e que sua ansiedade pode comprometer o plano ainda em fase de gestação. Dá dois passos para a direita e esconde-se junto à árvore na entrada do terreno. Fica completamente estático, até prende a respiração como se estivesse debaixo d'água. É uma mulher que está na janela, é possível ver. Bonita, de trinta e poucos anos, cabelos lisos castanhos na altura dos ombros. Veste uma camisola – ou seria uma camiseta – azul-marinho, braços longos e brancos à mostra. Augusto Mascarenhas é casado. Seria seu ódio pelo idoso incompetente uma espécie de medo por ver o seu próprio futuro refletido nele? Um velho funcionário que dedicou a vida à corporação desfilando com vergonha pelos corredores suas dezenas de rugas e unhas amareladas?

A mulher gesticula tanto que se afasta da janela, e ele aproveita para sair do jardim. O coração bate forte, quase foi descoberto, mas a determinação do que está prestes a fazer continua inabalada. A mulher de camisola azul-marinho sofrerá por ter se casado com um homem mau, do mesmo jeito que sua mãe sofreu. Sua cabeça está doendo de tanto pensar, mas rapidamente está de volta à rua, que continua deserta. Não foi visto por ninguém. Os pés têm vontade própria e começam a se alternar com rapidez, um depois do outro, e antes do que imagina já está correndo, correndo, e, como se isso fosse fisicamente possível, chora enquanto corre, e simultaneamente reza para que sua violenta missão signifique algo maior do que uma simples vingança pessoal. Está fazendo justiça, sim, mas não é apenas o justiceiro que brilha em filmes policiais de todas as épocas, aqui e ali. A justiça em que acredita é a justiça que vem dos céus, indiscutivelmente divina, como se o martelo com que mata as vítimas fosse empunhado, na verdade, pela mão de Deus, ou dos deuses, se houver mais de um lá em cima. A crença nisso o faz correr ainda mais, e chorar ainda mais, como se a intensidade do sofrimento fosse proporcional à importância de seu destino. As pernas movem-se como uma engrenagem que foge ao seu controle, uma combinação perfeita de força e movimento que existe milagrosamente desde que a evolução levantou o homem do chão e lhe deu duas sólidas bases verticais. É um animal que derrama lágrimas enquanto corre, mas que ao mesmo tempo tem a dimensão de sua perfeição enquanto máquina poderosa, capaz de gerar a vida, a arte, o amor, mas também a morte e a destruição. A confusão só desaparece quando o chão sob seus pés torna-se conhecido, mais conhecido, até que o tapete para limpar os pés com a expressão 'bem-vindo' indica que chegou à porta de casa.

Entra exausto, corpo e mente ocupados pela respiração barulhenta. Estica as mãos no ar e vê que os dedos tremem, embora a temperatura seja amena nesse fim de tarde. Não pensa em mais nada nos próximos quatro minutos, tempo exigido por seus pulmões para voltarem ao ritmo normal de inspiração e respiração. Seu coração, aos poucos, também deixa a boca e volta ao peito. Passa pela cozinha e vê a mãe, um fantasma que assiste TV enquanto toma a oitava xícara de café do dia. Ela pergunta como foi a escola. "Tudo bem, mãe", a mesma resposta de todos os dias. A mãe, no entanto, não está programada para pensar. Aceita o que o filho diz e volta o rosto para a TV. Ele sobe as escadas de dois em dois degraus, entra no quarto e deita abraçado a um livro qualquer.

Pouco depois, quando a mãe sobe para chamá-lo para o jantar, finge que está dormindo. A mãe respeita, acha que ele caiu no sono enquanto lia. O filho quer ficar sozinho, pensa ela, principalmente nesse período de nervosismo a que está exposto desde o episódio da morte do pai da namorada. A mãe vai até a cama e tira suavemente o livro de biologia de suas mãos. Ele continua a fingir que está dormindo. A mãe apaga a luz do abajur e cobre o filho. Não nota que sua camiseta está encharcada de suor, nem que suas mãos continuam levemente trêmulas. Apenas faz o que uma mulher-fantasma pode fazer: beija o filho na testa e volta à TV e aos cafés.

Abre os olhos assim que a mãe fecha a porta do quarto. Fica assim durante horas, antecipando o que vai fazer naquela mesma noite.

Dezessete

À meia-noite, desce as escadas e esquenta dois pedaços de pizza no forno. Está calmo, principalmente por já ter antevisto todos os passos do que está prestes a fazer. Abre a geladeira e pega a garrafa de Coca-Cola. Ao abri-la, o gás faz um barulho que por pouco não atrapalha seus planos. Dá um gole na própria garrafa, lembra que a mãe sempre pede que não faça isso. Se comesse os pedaços de pizza e voltasse para a cama, seria mais uma noite normal. Mas não é isso que está em seus planos. Em seus planos está o assassinato de mais um filho da puta que merece morrer.

No quarto escuro e cheirando a mofo, a mãe dorme o sono dos fracos. Acha incrível como ela consegue dormir com o volume tão alto do próprio ronco. Enquanto isso, ele está na cozinha, mais uma vez abrindo armários e procurando instrumentos para realizar a justiça divina.

Em vez de livros e cadernos com mensagens de amor escritas por Marina, a mochila da escola agora contém um martelo, três sacos de lixo e outro jogo de pares de luvas de silicone. No meio da noite, deixa a casa com a mochila nas costas.

Não há ninguém na rua e o caminho até a casa de Augusto Mascarenhas é curto e rápido. Salta o mesmo pequeno portão pelo qual havia passado poucas horas antes e se esconde nos fundos da casa, atrás da porta de serviço. Ainda há barulho e luzes acesas do lado de dentro, e é possível ouvir uma TV em um cômodo distante.

Espera pacientemente até que todas as luzes se apaguem. Já no escuro absoluto, abre a mochila e veste o par de luvas de silicone, herança do pai, mas que no entanto não estão aqui para impedir que o problema de um motor de carro suje suas mãos. O martelo é pesado e traz lembranças da noite em que golpeou o pai de Marina. Em seu cabo de madeira intacta, no entanto, nenhuma prova de que o objeto havia cometido tamanha destruição. Apenas uma análise mais científica revelaria que traços do sangue do pai dela continuam encravados na madeira. Felizmente, para o autor do crime, a polícia daquela cidade não desconfia dele e nem tem os recursos necessários para uma investigação tão sofisticada.

Uma hora depois das luzes se apagarem, ele toca a campainha da porta de serviço. Faz um silêncio sepulcral em todo o bairro, e apenas as fracas lâmpadas dos postes competem com o distante brilho das estrelas. O som da campainha acende uma luz no interior da casa. O coração dele recebe uma descarga de adrenalina e começa a bater mais rápido. Nem cogita da hipótese de que a senhora Mascarenhas possa descer para abrir a porta; já está tarde e abrir portas na madrugada é tarefa realizada por maridos. Augusto Mascarenhas é um bom marido: enquanto a mulher respira profundamente e sonha com o filho que ainda não tem, ele desce as escadas tentando imaginar quem poderia estar à porta tão tarde da noite. O empresário, no entanto, não tem sequer tempo de ver a fisionomia de seu agressor. O martelo faz uma dança diagonal no ar e acerta Augusto Mascarenhas no meio do rosto, dilacerando imediatamente seu nariz. O sangue jorra, mas cai principalmente no chão da cozinha. Na seqüência, o martelo atinge seu peito com tanta força que o cabo do martelo ricocheteia e quase cai no chão. A senhora Mascarenhas acorda com os estampidos secos no andar de baixo e com o único grito de clemência não atendido. Augusto Mascarenhas nem pode alertar a mulher ou gritar o nome de seu assassino, não o reconhece, nunca o viu antes. Apreensiva, a mulher sai com dificuldade da cama quente, tamanha é a quantidade de cobertores. Desce as escadas com uma das mãos sobre o peito, receosa, e a outra no corrimão, cautelosa. Encontra o marido estirado no chão da cozinha. Primeiro vê seus pés com chinelos na posição vertical, ele está caído com a barriga para cima. Mas, à medida que a cena se completa, também se conclui o horror de ver o resultado do que aconteceu: o rosto de Augusto Mascarenhas, aqueles traços que conhece desde que freqüentaram o ginásio juntos, naquela mesma cidade, está irreconhecível, desfigurado e encharcado no centro de uma poça de sangue. O empresário ainda respira durante dois minutos, mas morre no exato momento em que a mulher consegue ligar para pedir uma ambulância.

Dezoito

A cidade não é tão grande a ponto de suportar incólume dois assassinatos em uma semana. Não é um fato comum, simplesmente. O pai de Marina era um novo morador da cidade e ainda um ilustre desconhecido, mas Augusto Mascarenhas era considerado um homem de sucesso, um empresário exemplar respeitado por toda a comunidade. Ninguém, a não ser o homem de sessenta e dois anos e seus colegas, conhecia o lado cruel de sua personalidade, a maldade intrínseca que nasce em personalidades fracas juntamente com a ascensão social.

Apesar da estranha sensação de dever cumprido e até mesmo de um orgulho agudo por ter atingido seu objetivo de maneira discreta e bem sucedida, não escapa do sentimento de remorso que vem na forma de pesadelos com a mulher de Augusto Mascarenhas. Na primeira noite após o crime, sonha que ela está sentada na cozinha conversando com sua mãe e indagando por que um garoto tão jovem sentia tanto ódio de um homem que nunca havia visto na vida. Ele ouve a conversa e entra na cozinha, vai até a mulher de Augusto Mascarenhas e a abraça carinhosamente, sentindo seus seios duros encostando em seu peito sem camisa. A mulher tenta empurrá-lo, mas ele é mais forte e a segura com firmeza pelos pulsos, até ficarem vermelhos. Ela tenta escapar, gira as mãos de um lado para o outro enquanto vira o rosto, mas a boca dele é implacável e consegue colar os lábios nos dela. Os dois se beijam com violência, enquanto a mãe se levanta para aplaudir o casal. Ele chega ao orgasmo pouco antes da mulher de Augusto Mascarenhas arrancar sua língua com os dentes e cuspir o órgão vermelho no chão da cozinha. Neste momento ele acorda, suado, com dores de cabeça e mãos trêmulas. Nas noites seguintes, como pequenas variações, a mesma e assustadora trama macabra volta a lhe atacar.

Basta: o empresário é a última vítima de seu martelo dos deuses. Não tem dúvidas de que o mundo está, sim, se tornando um lugar melhor, mas não pode passar o resto da vida à procura de injustiças para corrigir e injustiçados para vingar. Sua obsessão tem que ser controlada para que a vida siga em frente.

Aos poucos Marina se recupera. Sua mãe assume o papel de chefe da família e a vida volta, semana a semana, ao normal. Quando volta a freqüentar a casa dela, observa que a cadeira do pai permanece exatamente como estava na noite do já distante jantar de apresentação, com uma manta roxa de tricô sobre o estofado gasto. Não se sente culpado pelo que fez; os pesadelos já não são tão freqüentes, mas também já não tem certeza se o mundo está realmente melhor. A justiça foi feita e alguns cânceres foram extirpados da vida da pequena cidade, mas percebe que a idéia só funcionaria realmente se um exército de pessoas como ele saísse pelo mundo distribuindo marteladas em rostos de filhos da puta como quem dá dinheiro aos pobres ou comida aos famintos.

O ano seguinte não traz novidades, assim como os anos seguintes a ele. A investigação não avança; a incapacidade da polícia em estabelecer vínculos entre as duas mortes transforma dois assassinatos cometidos por um garoto, quem diria, em crimes perfeitos. Sente um alívio por saber que poderá seguir a vida livremente, cuidando da mãe e amando Marina para sempre.

Na escola, também, a vida está estabilizada. Um jovem negro é apontado como o principal suspeito dos crimes, apesar de não haver nenhum indício que prove sequer seu mais leve envolvimento. O preconceito, no entanto, encarrega-se de apresentar as evidências, e seis meses depois o rapaz deixa a escola, cansado de ser assunto nas rodinhas cruéis dos adolescentes. Dizem que se mudou para o norte do país, mas diferentes versões sobre seu destino – uma delas garante que ele foi preso – surgem todas as semanas entre os alunos.

Ele e Marina passam cada vez mais tempo juntos. O próximo passo de um relacionamento como este, entre duas pessoas dependentes uma da outra, é o casamento. Não quer correr o risco de perdê-la. São jovens, mas isso não importa em uma pequena cidade escondida nos confins do mundo. O pedido formal acontece na casa dela, em um almoço de domingo com a presença do casal e das duas mães.

"Tenho uma coisa importante para falar com vocês, as três pessoas que eu mais gosto na vida", começa.

"Nossa, que tom sério", brinca Marina. "É alguma coisa de que precisamos ter medo?"

"Bem, talvez... Como vocês sabem, eu e a Marina já estamos juntos há bastante tempo. Eu sei que o ano passado não foi um ano legal para a família de vocês duas. Também perdi meu pai quando era novo, sei muito bem como isso enfraquece a gente. Mas é justamente por isso que acho que é o momento de sermos fortes. E sempre ficamos mais fortes quando estamos juntos."

"Continua, meu filho", diz uma das mães, a dele.

"O mundo comete muitas injustiças com gente de bem, mas acredito que as recompensas também vêm na mesma intensidade. Meu pai morreu quando eu ainda era garoto, não quero nem discutir se ele era um bom homem ou não. Mas ter um pai é sempre uma coisa importante na vida de uma criança. E Deus me privou disso, da mesma forma como privou você, Marina."

"Já estou conformada. Também não tenho como dizer que meu pai era o cara mais legal do mundo, mas sei o que você quer dizer. É uma referência na vida, não é? Alguém para quem a gente olha quando pensa no futuro."

"E no passado também", completa a mãe de Marina.

"É verdade. Mas não sei se a gente precisa de um pai, uma mãe, ou qualquer outro responsável para ajudar a nos tornar as pessoas que sonhamos ser. Isso depende apenas de nós mesmos e de quem está ao nosso lado, olhando junto conosco para o mesmo horizonte. Por isso eu gostaria de perguntar aqui, na frente de vocês, que são as pessoas mais importantes para mim... Marina, você quer se casar comigo?"

As três mulheres suspiram ao mesmo tempo. A mãe de Marina olha para a filha, emocionada, mas não diz nada. A mãe dele coloca a mão sobre a cabeça do filho, que está de pé. Marina levanta-se e o abraça.

"Ficar com você para sempre? É o que eu mais quero na vida", diz a garota em seu ouvido. "A partir de hoje somos um só. O que aconteceu de ruim na nossa vida vai ficar bem longe, lá no passado."

Dezenove

O casamento acontece de uma hora para outra, numa pequena cerimônia apenas um mês depois daquele almoço. Em um altar de madeira pintado de branco e montado no jardim da casa de Marina, o casal é abençoado pelo padre Henrique Galembek, o velho e conhecido pároco da cidade. Padre Henrique é um homem grisalho de respiração ofegante e voz sonolenta, que faz os fiéis adormecerem rápida e tranqüilamente nos sermões aos domingos de manhã. Por trás dos óculos ovais colocados sobre a ponta do nariz, o religioso observa os convidados atrasados chegarem enquanto dá a impressão de que não tem a menor idéia do próximo versículo da *Bíblia* que deve ser lido. Seus inquietos olhos azuis negam a imagem de homem sereno que tenta transparecer, dando lugar a um ser híbrido, parte santo, parte perturbado.

Não é de hoje que ele sente um leve desconforto quando troca olhares com o padre. Esse tique nos olhos azuis do pároco o deixa constrangido, como se o rosto do velho religioso estivesse ligado a uma corrente elétrica. Não tinha, no entanto, outra opção se quisesse realizar uma cerimônia religiosa, sonho de sua mãe e, tem certeza, da mãe de Marina também. Cidade pequena, único representante da Igreja, senhor acima de qualquer suspeita. Padre Henrique foi convidado por inércia: não há na região outro padre habilitado a sacramentar o amor entre um homem e uma mulher.

No jardim e nos arranjos sobre as mesas de ferro, as flores amarelas disputam espaço com candelabros enferrujados, visivelmente alugados na loja de artigos de segunda mão que fica ao lado da casa dele – apesar de a mãe de Marina ter esfregado a meia dúzia de objetos durante horas no dia anterior. Sobre o altar, em frente ao padre, uma pequena cruz de madeira pintada com a imagem de Jesus Cristo retratado de maneira ainda mais trágica do que a que estamos acostumados a ver. A cruz não é antiga, mas sua pintura tenta imitar de forma grosseira o traço barroco das peças religiosas de primeira linha. Acima da cabeça do homem crucificado, a expressão *INRI* foi trocada pela última frase do *Pai Nosso*, "Livrai-nos do mal", em letras de forma. Como todas as coincidências, esta também é uma ironia do destino, pois nenhuma outra frase definiria tão bem o que este jovem herói que se casa hoje sonha em fazer com a sociedade. Um pedaço de tecido grande e trabalhado cobre uma parte do altar, e os sapatos começam a deixar marcas que só sairão dois dias depois, graças a quilos e quilos de sabão em pó.

Os passos ansiosos do casal de noivos são os responsáveis pelas tais marcas no grande lençol sob o altar, assim como os saltos altos das duas mães que dividem o espaço. Ele, o padre e o fotógrafo mal-vestido são os únicos homens no pequeno palco à frente da cerimônia, já que nenhum dos pais dos noivos está presente – pelo menos não fisicamente, dirão os que acreditam em espíritos e forças invisíveis da natureza. O fato chama a atenção no início da cerimônia e provoca comentários entre os menos íntimos, já que os convidados da família de Marina não sabem que o noivo também é órfão de pai. As duas mães sentem o que está acontecendo, mas unem-se para não permitir que esse clima afete a alegria de ver o filho e a filha jurarem amor eterno um ao outro. Sim, a solidão será um problema para as duas mulheres a partir daquele exato momento. No entanto, pensamento de toda mãe, "pelo menos minha criança está encaminhada".

O padre Henrique Galembek fala sobre fidelidade e felicidade conjugal. Não sabe nada sobre nenhum dos dois assuntos, mas discursa com a experiência de quem viveu dezenas de relacionamentos. O pároco alterna conselhos familiares com trechos da *Bíblia*, enquanto os convidados apenas aguardam a tão esperada frase 'então vos declaro marido e mulher' para começar a festa de verdade. Embora estejam com os olhos fixos no altar, não estão nem um pouco preocupados com o significado das frases que saem da boca do religioso. Espírito é aquela parte da alma que só aparece no leito do hospital, acompanhada por algum tipo de doença terminal. Como todos os convidados de todos os casamentos do mundo, esses também são materialistas e só pensam neles mesmos.

O casal deixa o altar, agora já são marido e mulher. O assassino e a filha de uma de suas vítimas caminham de mãos dadas, felizes, observando em volta os poucos amigos que abençoam a união ao redor de mesas de ferro e flores amarelas. Agora, ele é o homem das duas famílias. E promete para si mesmo que nunca agirá com a mulher como os dois infelizes desgraçados que a morte levou.

Ele e Marina nunca conversaram sobre os dois crimes que chocaram a cidade, têm outras coisas na cabeça. Querem ser felizes, por exemplo. E assim, de silêncio em silêncio, as conversas sobre as mortes vão morrendo, morrendo, até a cidade esquecer que entre eles há um assassino.

Vinte

Quatro meses depois, tem que ir à paróquia do padre Henrique Galembek retirar a certidão de casamento, carimbada em três vias por funcionários mal pagos e reconhecida finalmente pela alta burocracia da Igreja. A casa onde deve retirar o documento é simples porém muito grande, repleta de um vazio ludibrioso e ameaçador criado de propósito, como se sabe, para intimidar os fiéis. Na entrada, guardam o pátio uma fonte seca de cimento pintado de branco e um jardim pobre, de verde gasto e amarelado. As pequenas áreas totalmente sem grama, uma de frente para a outra e com pelo menos dez metros de distância entre elas, indicam que os jovens ajudantes de padre Henrique utilizam o local como campo de futebol.

Do outro lado do pátio, numa sala sem janelas, há uma mesa de madeira escura e gavetas grandes, com puxadores de ferro pretos do século passado. Sentada atrás dessa mesa, a secretária de padre Henrique escreve uma oração em um caderno de escola cuja capa é ilustrada por uma modelo de biquíni amarelo e seios fartos. A letra é tímida e feia, e a secretária escreve lentamente como se estivesse fazendo um grande esforço físico com as mãos. A secretária de padre Henrique é pobre e mora ali "de favor", como ele costuma lembrá-la, mas mesmo assim trabalha na paróquia como voluntária, por amor a Deus e respeito ao patrão. Sua única recompensa pelas quase oito horas que permanece atrás da mesa de gavetas grandes todos os dias é a bênção exclusiva de padre Henrique, que dedica vinte segundos de seu dia a purificar a alma dessa humilde senhora de sessenta e dois anos. A secretária que se esforça para escrever as orações no caderno nunca amou nem nunca foi amada por nenhum homem, a não ser pelo seu pai, com quem viveu até os trinta e oito anos. No entanto, contrariando todas as expectativas, ela se considera feliz.

Acima da cabeça da secretária de padre Henrique descansa uma velha imagem de Nossa Senhora Aparecida e um calendário com fotos de praias desertas, cenário que não poderia ser mais diferente do que o que está à volta dela. O pequeno rádio do faxineiro que capina o jardim suja o silêncio.

"Pode entrar. Padre Henrique está esperando o senhor no escritório dos fundos", diz a secretária, quase sem levantar os olhos do papel. Está compenetrada em sua tarefa, como se copiar uma oração em um caderno universitário fosse uma importante colaboração para o futuro da humanidade ou, ao menos, para a sua própria salvação.

Para chegar ao escritório do padre, é obrigado a passar por um longo e insípido corredor. No chão, o mármore nobre destoa do restante da casa, provavelmente porque está ali há muito mais tempo, bem antes do nascimento dessas paredes.

Caminha a passos curtos, observando os pequenos desenhos talhados no chão e seduzido pelo vento sagrado circulando pelas correntes de ar que refrescam o ambiente, sem que a luz determine de onde vêm nem para onde vão.

Antes de chegar ao final do corredor, ouve um ruído estranho que sussurra de dentro de uma pequena porta de ferro, à direita do corredor. O som parece o choro de uma criança de colo, mas isso só pode ser uma ilusão auditiva, já que aquele não é nem de longe o lugar adequado para fiéis tão jovens. Teme que uma criança esteja presa e, sem ninguém mais por perto, trata de correr para abrir a porta e libertá-la. Dentro da sala, à meia luz, vê que o lamento não vem de uma criança de colo, mas de um garoto de cerca de dez anos de idade que balbucia no colo do padre Henrique Galembek. Está nu. O religioso assusta-se e esconde o garoto atrás de si, mas a batina não é larga o suficiente para cobrir o pequeno corpo que treme de frio e vergonha.

"O que o está acontecendo aqui, padre? Por que este garoto está sem roupa?"

"Este é meu ajudante aqui da igreja. Ele está com medo e estou lhe contando uma história, para distraí-lo", responde padre Henrique, titubeante.

"E por que ele está sem roupa?"

"Não é nada disso que você está pensando. Ele está sem roupa porque... é pobre."

A mentira e a dissimulação não combinam com a sisuda batina do padre Henrique, ou pelo menos não deveriam combinar. Surpreso com a expressão de horror no rosto do religioso, olha em volta e vê as roupas do menino dobradas perfeitamente, aguardando seu dono em cima de um banquinho sem encosto.

"Menino, por que você está sem roupa? Eu sou seu amigo, pode contar para mim."

O garoto pede com os olhos autorização para responder, mas o padre está muito nervoso para emitir qualquer sinal, positivo ou negativo.

"O padre me dá dinheiro quando eu tiro, mas ele pede para eu não contar para ninguém. Daí eu levo para a minha mãe, que também não pergunta de onde veio. Ela agradece e diz que é para comprar comida para a gente."

Os olhos azuis do padre Henrique Galembek estão mais inquietos do que nunca, correndo atormentados de um canto para o outro da sala. O pároco abaixa então a cabeça, derrotado, e esfrega o rosto com as duas mãos, fechadas em concha. Quem o conhece poderia dizer que está rezando. O silêncio apodera-se do local por vinte segundos, mas os três atores desta cena inusitada têm a impressão de que se passou muito mais tempo. Ele rompe o silêncio e dirige-se ao garoto.

"Pode pôr a roupa agora. Vai para a casa, diz para a sua mãe que hoje não tem dinheiro. Diz que não tem dinheiro nunca mais."

Assustado, o menino vai até a cadeira e pega a roupa. A imagem do garoto nu à meia-luz é pura e totalmente desprovida de sensualidade. Veste-se rapidamente, acreditando que é culpado por alguma coisa que ainda não consegue entender.

"É verdade que não vou ganhar o dinheiro hoje? Minha mãe vai me bater se eu chegar em casa sem nada."

Sente vontade de chorar, mas controla-se. Sente também vontade de dar dinheiro ao garoto, mas a provável expressão de satisfação no rosto da mãe, sorrindo e enfiando as notas e moedas no bolso da calça, o faz desistir.

"Depois prometo que te dou o dinheiro. Mas agora é hora de você ir para casa, porque tenho que conversar uma coisa muito importante com o padre Henrique."

O garoto sai correndo da sala, com a camisa desabotoada e o par de tênis imundos na mão. A porta de ferro batida com mais medo do que força provoca um ruído intenso, um eco que incomoda e demora para desaparecer no mármore do corredor.

"Eu sei o que você está pensando, meu bom jovem, mas não é nada disso. Só estávamos conversando, é um garoto muito bom e temente a Deus. Mas só para garantir, gostaria de pedir a você uma coisa muito importante, do fundo do meu coração."

"Padre, não consigo entender isso. Por quê?"

"Nunca mais vou fazer o que você está pensando, prometo. Só espero que você não conte a ninguém o que viu aqui. Posso lhe oferecer dinheiro, quanto o senhor quer? O seu casamento com aquela loirinha foi tão bonito, você não vai querer me criar uma confusão por causa disso, não é? Como é o nome dela, mesmo? Isso aqui é uma coisa tão pequena, sem importância. E, além disso, ajuda tanto a família do garoto..."

"Não se preocupe, padre. Este será o nosso segredo."

Vinte e um

Acredita que o destino o havia colocado naquela sala de propósito. Sozinhos, sem a presença do garoto, o padre Henrique Galembek começa a chorar.

"O demônio é mais forte que eu. Deus me perdoará", diz, baixinho, e várias vezes, como um mantra.

"Por que Deus lhe perdoaria? Por que eu o perdoaria? Você não passa de um criminoso patético, que depende de garotos de dez anos para sentir-se homem. Isso eu não posso perdoar", diz ele, olhando em volta à procura de alguma arma disfarçada de objeto inofensivo. O quarto está quase vazio, mas no chão há um abajur de madeira sem cúpula, coberto de poeira e teias de aranha.

Levanta o objeto com a mão esquerda e sopra com força, afastando um pouco da poeira ali grudada há anos. Na verdade, nem há por que limpar a poeira: em breve o objeto estará manchado com algo muito mais sujo que o tempo. O padre Henrique Galembek espirra, um ato que naquele momento torna-se ridículo justamente por sua vulgaridade.

O abajur é pesado, é feito de madeira maciça. Sua base redonda é abaulada e com pequenas flores esculpidas, um trabalho de artesanato de segunda mão que nunca esteve na moda em lugar nenhum. O abajur tem ainda uma lâmpada, um modelo velho desses que não se fabrica mais. Ele gira a lâmpada e a retira, para evitar que corte a sua própria pele. Vira então o abajur de ponta-cabeça, segurando-o com as duas mãos como os batedores fazem com tacos de beisebol.

Padre Henrique Galembek não vê o primeiro golpe ser desferido, pois sua cabeça continua apoiada no colo, abaixada, escondida pelo mantra e pelas mãos em concha. Os três golpes seguintes também visam a região da nuca e são aplicados com bastante violência. O último deles faz um barulho bastante alto, talvez porque seja o que quebra o pescoço de padre Henrique. Isso, no entanto, não impede o prosseguimento da agressão, que continua com pelo menos mais nove ou dez pancadas no mesmo lugar. Não é necessário muito esforço físico, pois a base é ainda mais pesada que o resto do abajur. O único esforço que ele tem, portanto, é na hora de levantá-lo, já que o objeto cai naturalmente graças à força da gravidade, com um peso e um impacto proporcional à sua massa.

Os golpes abrem um buraco na parte inferior da cabeça do padre Henrique, de onde brota um córrego de sangue. Olhando para aquele líquido escuro e espesso, ele se lembra de que a maioria das pessoas fala sobre o sangue como algo muito nobre do ser humano, mas se esquece de que fede como tudo o que sai de dentro do corpo.

O problema prático que vem com o presente inesperado do destino é que as mãos dele agora estão sujas de sangue, e suas impressões digitais estão espalhadas por todo o abajur.

Não há luvas cirúrgicas, nem sacos de lixo para jogar as roupas manchadas de vermelho escuro. Sem contar a secretária, que sabe seu nome e o viu entrando na igreja pouco antes de ver o garoto sair correndo. Desta vez não há saída. Pensa em como sua prisão afetará Marina, imagina se ela associaria a brutalidade deste crime às outras mortes ocorridas na cidade no último ano. Isso a machucará, por isso tem que ser evitado a qualquer custo, pensa, enquanto olha para os lados e pensa em uma maneira de escapar.

Imagina a mulher recém-casada lhe fazendo visitas na cadeia, dividindo com vergonha a fila com outras mulheres abandonadas no mundo real por outros criminosos encarcerados. Sabe que é diferente, mas se pergunta até onde vai essa diferença. Não se sente um criminoso, muito pelo contrário: tudo o que fez foi para melhorar o mundo. Matar filhos da puta é a única maneira racional de equilibrar o mundo a favor dos bons, dos que querem fazer o bem, dos que querem apenas viver e amar, sem violência contra quem não pode se defender, sem injustiças e desgraças desnecessárias. Enquanto espera para ver o que o destino lhe reservará em poucos minutos, descobre que é apenas um sonhador que tentou limpar a escória do mundo para transformá-lo em um lugar melhor. Só isso. É inegável compreender que o mundo seria realmente um lugar melhor sem as pessoas desagradáveis, corruptas, incapazes de viver sem prejudicar os outros. Mas já que Deus não faz nada contra esses monstros disfarçados de pessoas, ele assumiu sua responsabilidade e transformou-se por conta própria em um instrumento divino. O que pode fazer é pouco, mas pelo menos é alguma coisa. Filhos da puta como seu pai, o pai de Marina, Augusto Mascarenhas e o padre Henrique Galembek não merecem viver. Quem se levantaria para dizer o contrário? Quem mais sairia em defesa de homens que espancam mulheres e filhas? Que humilham senhores de idade ou estupram crianças? A lei só existe para quem a segue. E, se todos pensassem corretamente como ele, o mundo estaria livre dessas ervas daninhas sociais. Como é possível dizer que eliminar elementos negativos da sociedade pode ser visto como algo ruim? Não é isso o que a polícia faz, isolar criminosos do convívio social? O que não faria o menor sentido seria a sua prisão, o seu isolamento do mundo, o seu afastamento da mulher e da mãe que tanto ama. Ao contrário, deveria ser condecorado. Quantas agressões mais Marina teria sofrido se o pai dela estivesse vivo? Quantos funcionários teriam sido humilhados por Augusto Mascarenhas se o executivo ainda estivesse por aí dirigindo empresas e dando ordens a puxa-sacos do mundo corporativo? Quantos garotos inocentes teriam sido abusados pelo padre Henrique Galembek? Ninguém entende que a lógica aconselha a eliminar as causas para evitar as conseqüências?

Senta-se no chão com as pernas cruzadas e olha para o padre morto, esperando que seu corpo inerte lhe diga algo a respeito da justiça de Deus.

Vinte e dois

A polícia chega logo, apenas vinte minutos após a secretária entrar na sala escura e vê-lo sentado no chão, de pernas cruzadas, olhando fixamente e esperando respostas do corpo sem vida do padre. O delegado da cidade, Domingos Mourão, entra no recinto com a arma nas mãos, mas logo vê que não há platéia nem necessidade para tanto. Ele continua sentado no chão na mesma posição, olhar tranqüilo, sem aparentar qualquer sinal de agressividade ou remorso. A cena, no entanto, incomodaria quem não compartilha de suas idéias, pois o sangue do padre já toma todo o quarto, tanto em relação à cor quanto ao cheiro.

Depois de mexer nos bigodes brancos amarelados pelo cigarro, mania que conserva desde os tempos da escola militar, Domingos Mourão algema as mãos do assassino nas costas e suas roupas também acabam manchadas pelo líquido vermelho que esvai-se do corpo do padre. O delegado não se importa; a cor até que combina bem com o seu terno azul escuro, pelo menos nas fotos que constarão do inquérito de hoje e dos jornais de amanhã ou, no mais tardar, nas heróicas e completas edições coloridas do fim de semana. O sangue também não o incomoda porque já esteve em cenas como esta muitas vezes, principalmente quando era apenas um policial iniciante trabalhando na periferia de uma metrópole. Hoje está em uma cidade pequena, guarda poucas lembranças boas da metrópole de onde foi expulso pela crueldade de seus habitantes e pela frieza de suas ex-mulheres. Para gabar-se de sua larga experiência na força pública em relação aos jovens colegas, deixará claro que já viu muita coisa na vida ao começar a redação do inquérito deste caso com a expressão "estamos diante de um típico crime de cidade grande".

Algemado, o assassino é levado para fora da casa de Deus pelo mesmo corredor por onde havia entrado, o esôfago frio e escuro que desemboca no pátio de entrada. A fonte seca de cimento pintado de branco ainda está lá, claro, assim como o jardim pobre de grama amarelada usado como campo de futebol por meninos como o que acaba de ser bolinado pelo padre Henrique. Apesar de não ter se passado nem uma hora, tudo parece incrivelmente diferente do que era, como se a morte do padre e os gritos de horror de uma secretária solteirona tivessem o poder de brincar com a relatividade do tempo e alterar toda a lógica das coisas deste mundo. Outros policiais perguntam seu nome e idade; ele responde com serenidade e educação. Quando a pergunta é sobre a profissão, ressalta que ainda está na escola. Perguntam se é o responsável pelo crime; ele sorri e diz apenas que o criminoso era, na verdade, o padre. Os policiais não entendem, mas ele também não faz questão de explicar. A hora certa chegará – ou não.

Poucos curiosos, duas viaturas e um fotógrafo do jornal da cidade já estão a postos aguardando a saída triunfal de

Domingos Mourão com o assassino. Os *flashes* incomodam o acusado porque ele passou um bom tempo no escuro, mas o delegado recebe as fracas explosões de luz como prêmio. Ele não se abaixa nem esconde o rosto, não sabe por que está sendo tratado como um bandido. Entra na parte de trás da viatura calmamente, embora não consiga achar uma posição confortável naquela pequena cela sobre rodas. As chaves giram nos contatos; os carros ligam as sirenes e saem em velocidade na rua sem movimento, como são todas as ruas da cidade. Não há a menor necessidade para o espetáculo, mas ele acontece mesmo assim.

Na delegacia, é empurrado de um lado para o outro até ser trancado em uma pequena sala sem janelas, uma caixa de concreto absolutamente vazia. No chão, um buraco indica que ali é o local onde deve se desfazer das sujeiras do seu corpo.

Só fica feliz quando a porta se abre e Domingos Mourão lhe conta que Marina está ali. Ela sai de trás do delegado, entra na cela e o abraça, mas o carinho não pode ser correspondido porque o detido continua algemado com as mãos nas costas. Marina chora e aperta o corpo ao dele com força, como se fosse possível transformar os dois corpos em um só, promessa que ele havia feito em um passado bastante próximo. Ela quer que um milagre o impeça de ser preso, mas milagres só acontecem na ficção. Domingos Mourão é complacente e permite que o casal se beije longamente – é o amor amenizando a justiça dos homens.

"Eu sempre soube", sussurra Marina ao seu ouvido. "Eu sempre soube que era você."

Ele se surpreende, nunca imaginara que a mulher sequer desconfiasse de qualquer um de seus atos.

"Tudo o que eu queria era melhorar o mundo, Marina. Fazer desaparecer as pessoas que o transformam num lugar inabitável para pessoas perfeitas como você."

"Eu sei. Eu te entendo. Eu te perdôo. Obrigada por tudo. Estarei te esperando aqui fora para a gente viajar para bem longe de tudo isso, para Moscou, para qualquer lugar. Para onde você quiser."

É levado por dois policiais para seu próximo endereço, um gigantesco prédio longe dali a que chamam de Presídio Estadual. O local, mais precisamente, atende pelo nome de cela dezoito A, composta por três placas verticais de cimento e uma parede formada por cinqüenta e oito barras de ferro que sobem do chão ao teto do edifício.

Não pode levar as roupas e frutas que Marina lhe trouxera: isso só será entregue depois de passar pela revista dos guardas. Ninguém lhe conta que sua mãe também estava lá, nem que ela preferiu ficar esperando Marina no carro, com medo de desmaiar ao ver o filho algemado como um criminoso.

As duas horas dentro da viatura passam rápido, talvez porque ainda está claro lá fora e a paisagem é bastante agradável. Em um cruzamento na rodovia, um belo pássaro se aproxima da viatura e evacua no vidro de trás do carro. O dia está tão bonito que não entende por que Deus cometeu a estupidez de povoar o mundo com filhos da puta. É uma viagem bem diferente da que planejava fazer com Marina. Se não estivesse identificado com adesivos da polícia, o carro seria mais uma máquina na estrada levando três amigos – um jovem no banco de trás e dois adultos nos bancos da frente – para um fim de semana de descanso e turismo. Mas não são apenas os adesivos 'Polícia – Força Pública' que separam a eventual colônia de férias da colônia penal. Há também três cadáveres:

o próprio sogro, homem bom e respeitável, novo na cidade; um empresário de sucesso, exemplo de profissionalismo para qualquer jovem de futuro; e um padre, representante oficial de Deus na Terra.

Chega ao Presídio Estadual e é levado imediatamente para a cela dezoito A, que passará a chamar de lar a partir de hoje e pelo menos até a audiência pública em que poderá finalmente explicar seus motivos aos jurados e convencê-los de que agiu corretamente. Depois que o barulho das chaves determina sua exclusão definitiva da realidade a que chamamos de 'vida real', segura o ferro frio das grades e finalmente compreende o que está acontecendo. Deus, ou quem quer que o tenha colocado ali, é tão filho da puta quanto os desgraçados que matou para tentar melhorar o mundo. Fica triste ao lembrar-se de Marina chorando, a polícia não tinha o direito de fazer isso com uma garota que já havia sofrido tanto na vida. Pensa na mãe, acredita que ela ficará orgulhosa ao saber suas razões verdadeiras para ter feito o que fez. No fundo, sem as pessoas que afastou da vida em sociedade, o mundo ficou mesmo um pouco melhor. Algum dia ainda vão lhe agradecer por isso.

ARTE PAUBRASIL

Este livro foi impresso em outubro de 2007
pela Gráfica Palas Athena para a Arte Paubrasil Editora,
composto em Bembo Std,
em papel Chamois Bulk Dunas 90g/m².